Las peregrinas del fuisoysere

A LA
ORILLA
DEL VIENTO

RICARDO CHÁVEZ CASTAÑEDA

ilustrado por

MARÍA WERNICKE

Primera edición, 2007
Tercera reimpresión, 2017

Chávez Castañeda, Ricardo
Las peregrinas del fuisoyseré / Ricardo Chávez Castañeda; ilus. de María Wernicke. —México: FCE, 2007
118 p.: ilus.; 19 × 15 cm— (Colec. A la Orilla del Viento)
ISBN 978-968-16-8418-1

1. Literatura infantil I. Wernicke, María, il. II. Ser. III. t.

LC PZ7 Dewey 808.068 Ch339p

Distribución mundial

Carretera Picacho-Ajusco, 227; 14738 Ciudad de México
www.fondodeculturaeconomica.com
Comentarios: librosparaninos@fondodeculturaeconomica.com
Tel.: (55)5449-1871

Editores: Miriam Martínez y Carlos Tejada
Dirección de arte: Gil Martínez
Diseño de la colección: León Muñoz Santini

ISBN 978-968-16-8418-1

Impreso en México • *Printed in Mexico*

Índice

A Fernanda
en el presente,
en el pasado
y en el futuro

Siriocra

—Lo siento mucho —le dice su mamá, apaga la luz y cierra la puerta.

Fernanda, acostada en su cama, se quita los lentes y comienza a llorar. La primera lágrima se le queda en las pestañas, la segunda empuja a la primera y se deslizan juntas por su mejilla, la tercera alcanza a las otras dos a la altura del mentón y caen revueltas, como si fueran una sola lágrima gorda que por un instante se mantiene redondeada sobre la colcha igual que una minúscula perla transparente, antes de romperse y formar una mancha húmeda en la tela.

Después tendrían que caer más y más lágrimas pues la tristeza de Fernanda es tan grande como para inundar la colcha con un pequeño mar, pero sucede algo increíble. La mancha de humedad se recoge en la tela y forma otra vez la perla líquida y la perla líquida sube en el aire hasta el mentón de Fernanda, y desde allí ascienden por la piel de su mejilla ya no una sino dos lágrimas y, cuando alcanzan las pestañas de Fernanda, son otra vez tres gotas de llanto las que vuelven a sus ojos y así ella deja de llorar. A tiempo se pone los lentes, justo cuando su mamá abre la puerta, enciende la luz y dice:

—mucho siento Lo.

Entonces Fernanda se levanta, se viste, a grandes zancadas baja de espaldas la escalera y en la sala se encuentra con su papá.

—siento Lo —murmura él apesadumbrado.

Los dos salen a la calle, se suben al auto y su papá maneja de reversa por avenidas oscuras y desiertas donde Fernanda va gritando desde la ventana:

—¡siriocrA! ¡siriocrA!

Y su papá le ayuda lanzando gritos también:

—¡siriocrA!

Transitan así por muchas calles, donde a veces escuchan los ladridos de uno o varios perros.

—uauG.

—uauG.

—uauG.

—uauG.

Cuando esto sucede, el papá detiene el auto, Fernanda baja tristemente y se acerca a los perros murmurando:

—¿siriocrA?

Y luego regresa precipitadamente al auto, agitada, con la cara roja como si tuviera fiebre.

En algún momento el papá de Fernanda se estaciona frente a la panadería, frente a una tienda de abarrotes, frente a la papelería, y, en cada sitio, Fernanda actúa igual. Se acerca a la puerta de los negocios donde están adheridos muchos mensajes en hojas de colores y los va despegando con rapidez. En el último sitio ante el que frena su papá, ella recoge el mensaje más grande, una cartulina donde puede leerse en desesperadas letras rojas:

Fernanda enrolla la cartulina y la coloca sobre el montón de hojas de colores que ha ido recogiendo y que ahora ocupan el asiento posterior del carro.

Como si estuvieran fatigados de recoger tantos gritos y tantos letreros en la ciudad, Fernanda y su papá se separan. Ella baja del auto y el auto se aleja siempre en reversa hasta que Fernanda levanta los brazos y clama:

—¡ápaP!

El auto, sin embargo, dobla en la esquina y desaparece. Cuando Fernanda se queda sola en medio de esa calle silenciosa, oscura y desierta, cierra los ojos con desconsuelo.

Entonces ella aparece en un parque. Ya no es de noche. Hay niñas que juegan a sentarse en la parte baja de la resbaladilla, se deslizan hacia arriba, sólo para después bajar con mucho cuidado por la escalera. Un niño tiene un barquillo vacío en la mano pero lentamente va colocando encima, con la lengua, a lamidas, capas y capas de nieve hasta formar un copo redondamente amarillo que el niño le devuelve al señor que jala el carrito de los helados. El señor, agradecido y sin asco, le paga con una moneda. Cuando el señor se aleja para comprar los otros barquillos que van brotando de las bocas de las niñas y los niños, Fernanda descubre a la niña y a la perra. Están cerca de los columpios. La niña está de espaldas y tiene puesta la capucha de su chamarra; la perra es pequeña y lanuda como una diminuta nube.

Cuando la perra regresa corriendo hacia atrás y la niña le pone la correa alrededor del cuello, Fernanda se acerca y le murmura algo a la niña. En ese preciso momento, los niños dejan de subir de espaldas por la resbaladilla y comienzan a jugar al revés. Se lanzan desde arriba, se deslizan como relámpago por la resbaladilla y algunos caen de sentón en la tierra. El señor de los helados también cambia de parecer y prefiere regresarle a los niños y a las niñas los barquillos con las bolas de nieve para recuperar sus monedas. Cuando Fernanda está a punto de cerrar los ojos, ve que una mujer se acerca a la niña de la capucha y le pregunta:

—¿No ibas a soltarla una última vez?

—Mejor no mamá; ya está cansada —responde la niña y no le quita la correa a la perrita.

Entonces la niña se despoja de la capucha y Fernanda ve que la niña es exactamente igual a ella.

Fernanda cierra al fin los ojos.

Al abrirlos, está acostada en la cama. Su mamá se halla en la puerta de la pieza.

—Lo siento mucho —dice.

Fernanda se ve muy triste.

—Por favor, mamá —murmura ella.

La mamá suspira.

—Bueno, sólo por esta vez, ¿eh?

Y cuando abre la puerta, entra corriendo la perra blanca y lanuda como nube, pega un brinco y se acuesta en la cama. Fernanda la abraza justo cuando se apaga la luz. En la oscuridad se escucha un suave ladrido: "¡guau!", y una voz que pregunta con cariño:

—¿Sabes todo lo que haría por ti, Arcoiris?

Como tres gotas de agua: Ferpás, Ferprés y Ferfut

Todos somos dos, como Fernanda: lo que seremos en el futuro y lo que somos en el presente. Bueno... somos tres. El pasado, el presente y el futuro. Fernanda aprendió a viajar en el tiempo porque ella no sólo piensa que nunca hay que olvidar lo que fuimos ni dejar de imaginar lo que seremos, sino que en realidad también somos todos los que hemos sido y todos los que seremos. No existe nada mejor que buscarnos y encontrarnos en el tiempo para ayudarnos a vivir.

Por eso a veces la Fernanda del pasado se cansa de no saber nada de la Fernanda del presente ni de la Fernanda del futuro. Por ejemplo hoy, que está sentada en el sillón de la sala, frente al árbol de navidad, sosteniendo entre sus manos el boleto de una rifa que se realizará mañana en la escuela por ser el último día de clases antes de las vacaciones. Ella quiere anticipar si ganará.

Ayer hicieron el sorteo para el intercambio de regalos en su familia. Fernanda del pasado ni siquiera sabe a quién le tocó su nombre y menos puede adivinar si le darán la muñeca que quiere.

Su tío, el que vive lejos, en otro país, le ha dejado con mucha antelación, bajo el pino, una caja grande envuelta con papel de estrellas y un moño dorado.

—¿Qué hay ahí adentro? —se pregunta y mira el regalo con tanta concentración que le duelen los ojos.

Ya viene Nochebuena y luego Día de Reyes...

—¡Ay! —se le escapa un quejido lastimero— ¡Cuánta espera! —y enrosca la lengua como taquito.

Su mamá le ha dicho que ponerse a pensar en lo que hay dentro de la caja, pensar en todos los regalos que le darán en la Navidad, pensar en si los Reyes Magos le cumplirán su deseo se llama ansiedad.

Su papá le ha dicho que se llama ambición. Y que es un sentimiento que se lanza hacia el futuro como los pescadores lanzan las redes al mar. La ambición quiere más, más de todo. Reventar las redes con los peces.

Fernanda ha creído entender que Arcoiris también tiene opinión en esto. Cuando salen al patio, la perra corre y escarba en el suelo. "Se llama esperanza", ha creído descifrar en sus ladridos, porque cuando escarba no siempre sabe si encontrará un hueso bajo la tierra pero tiene puestas sus esperanzas en que sí sucederá.

Su abuela le ha dicho que eso de querer conocer las cosas del futuro, lo de los regalos pero también lo de pretender anticipar quién está del otro lado de la puerta cuando apenas tocan o quién está del otro lado de la línea telefónica cuando apenas timbra el teléfono por primera vez, es normal y se llama curiosidad.

—No dejes que nadie te diga que a los gatos los mata la curiosidad —agrega su abuela—. Los gatos se mueren por tontos si los

pilla un carro o por peleoneros o de tanta desve
fiesta cada noche.

Su mamá, como sigue viendo tan intranquila a
quietecita en el sillón pero con una cara como volcán a punt
erupción, le dice: "A ver, Fernanda", y le revela que hay varios sentimientos que se dirigen hacia el futuro, que esos sentimientos no se sienten en el hoy ni en el ayer sino únicamente en el mañana: ambición, esperanza, confianza, fe, miedo, temor...

—Duda —dice Fer interrumpiéndola.

—¿Duda? —se asombra su mamá—. La duda no es un sentimiento.

—Pues a mí me duele aquí atrás, en la espalda, entre los platos de la espalda.

—Omóplatos.

—Eso, me siento dudante, dudosa: tengo dudacidad: estoy dudera, soy dudadora.

Su madre se desconcierta frente a tal lista de palabras que jamás había escuchado.

—Ya se te pasará, hijita —le dice mientras la acaricia y se va.

Aunque su mamá cree que no la ayudó, sí lo hizo. Le enseñó que hay más rutas para moverse hacia el futuro, no sólo las que ella conocía y que de verdad son malas rutas.

Lo que Fernanda ya sabe es que casi todos los caminos para viajar al futuro te hacen sufrir porque son rutas de desgaste y de desaparición, donde todas las cosas se van estropeando y todos los objetos dejan de existir de pronto, mientras avanzas por el tiempo. Pero también sabe que esos tristes senderos hacia el futuro son caminos felices cuando viajas al pasado porque entonces todos los objetos sucios y viejos y rotos empiezan a volverse nuevos, y las personas rejuvenecen y recuperas todo lo que habías perdido.

Entonces, a estos sentimientos que su mamá le enseñó, Fernanda los llamó las "rutas del deseo".

Fernanda quería encontrar la respuesta a una pregunta y acabar así de una vez por todas con la dolorosa dudacidad que se le había encajado en la espalda, como un par de alas que en vez de dirigirse al cielo, se le fueron yendo hacia dentro, enterrándosele en la piel.

—¡Ay! —se quejaba todavía la Fernanda del pasado cuando comenzó a viajar hacia el presente.

Viajar desde el pasado hacia el presente es como nadar a contracorriente en un río caudaloso. Se tiene que dar largas brazadas y respirar ladeando la cabeza. En realidad no es agua lo que te golpea la cara. Es como meterse en el viento y sentir que te empuja hacia atrás para devolverte al tiempo de donde vienes. Lo que te golpea el rostro son fortísimas rachas de aire que arrastran cartas, juguetes descompuestos, lágrimas, pensamientos exprimidos como naranjas.

Eso justamente. Lo que Fernanda del pasado, o sea Ferpás, está haciendo es exprimir un pensamiento de tanto pensarlo.

Cuando Ferpás llega al presente, la Fernanda del presente —o sea, Ferprés— está bien dormida.

Arcoiris se despierta. Le han cortado tanto el pelo que se ve flaca y rosa como rata. Arcoiris mira a Ferpás, mueve un poquito el rabo y luego se duerme de nuevo. Está acostumbrada. También Ferprés está acostumbrada, por eso no se asusta cuando despierta y mira a Ferpás frente a ella.

—¿Y ahora qué pasa? —pregunta Ferprés.

A Ferpás no le gusta que la trate como a una niña.

—Acuérdate que somos la misma, ¿eh?

—Sí —le responde Ferprés—, pero tú tienes sólo diez años y yo ya tengo doce.

Ferpás se mete bajo las cobijas y se acuesta junto a Ferprés.

—¿Qué eres? —la interroga.

—¿Cómo que qué soy?

—Sí, ¿ya resolvimos el problema?

—¿Cuál problema? —dice Ferprés cada vez más desconcertada.

—¡El de ser! —grita.

Arcoiris se levanta asustada.

—Ssshhhh —susurra Ferprés—. Vas a despertar a mis papás... y además no entiendo nada.

—Que si ya resolvimos el problema de qué vamos a ser de grandes.

A Ferprés se le va el color del rostro.

—Ah, eso —dice con voz temblorosa, tratando de restarle importancia.

—Sí, eso.

—Se te ve bonito el pelo.

—Pues a ti no. ¿Por qué te lo cortaste otra vez? No me gusta así.

—Ya te gustará —dice Ferprés pasándose las manos por su pelo lacio y negro—. A nosotras nos gusta —y señala a Arcoiris.

—Nunca me gustará ni nunca le gustará a Arcoiris estar tan pelona —responde Ferpás sacudiendo la cabeza para que su largo pelo oscile hacia uno y otro lado; la perra la imita, se sacude, pero no se le mueve ninguno de sus pelitos que más bien parecen espinas de talco—. Y además no me cambies la conversación, ¿qué vamos a ser de grandes?

Ferprés suspira.

—¿Quién te lo preguntó esta vez? —murmura.

—La maestra.

—De dónde sacan los adultos que una pregunta como ésa es para soltarla así como así. La dicen y luego se van tan campantes como si hubieran hecho una gracia —se enfada Ferprés—. En realidad lo que hacen los adultos y lo que hizo esta vez la maestra fue dejarte caer encima algo como una araña. Cuando se te olvida la pregunta, la sientes de pronto caminando con sus ocho patas peludas sobre tu brazo o sobre tu espalda.

—¡Por eso me duele!

—Sí, pero no le hagas caso. Olvídate de eso, y ya vete y déjame dormir —y Ferprés la empuja para sacarla de la cama.

—No, no. Es que esta vez es distinto —se resiste Ferpás aferrándose a las cobijas.

—¿Cómo que distinto?

—La pregunta no fue igual.

—No me acuerdo... ¿Fue la maestra de quinto? ¿Estás segura?

—Claro. Si apenas me pasó ayer. La maestra me vio y me dijo: "Fernanda, ¿qué vas a ser de grande?"

—¿Eso te preguntó?

—Sí.

—Pues a mí me parece que es la misma pregunta de siempre.

—No. Siempre dicen: "¿Qué quieres ser de grande?" Y así es más fácil. Quiero ser presidenta, quiero ser astronauta, quiero ser capitana de barco, ¿ves? Lo que se te ocurra. Hasta puedes inventar porque "quieres ser" no es lo mismo que "vas a ser". "¿Qué vas a ser?" significa de verdad "¿qué vas a ser?"

—Ah —profiere Ferprés todavía no muy convencida.

—Pero acuérdate, allí no termina todo... ¿De verdad no te acuerdas?

—Un poco.

—Como no supe responder, la maestra me dijo: "Bueno, Fernanda, al menos dime lo que no vas a ser de grande".

—Sí, cierto —dice Ferprés con un gesto de haberlo recordado al fin.

—¿Verdad que no es justo?

—Nada justo. Fue como si en lugar de que te preguntaran: "A ver Fernanda, dime qué es una perra..."

Arcoiris se despierta de nuevo.

—Te preguntaran —completa Ferpás—, dime lo que no es una perra.

—No es un yoyo.

—Ni tampoco un globo.

—Ni siquiera es un perro macho.

—Y menos un planeta.

—Y todavía menos un caballito de mar.

—Imagínate —dijo Ferpás sentándose en la cama—, podríamos seguir así mucho tiempo y nunca acabaríamos de hacer una lista de todo lo que no es. Imagínate.

Ferprés también se sienta en la cama.

—No me lo tengo que imaginar —murmura agobiada—. Llevo mucho tiempo diciéndome que no quiero ser dentista porque no me gusta ver el interior de la boca de las personas, que no quiero ser detective porque no me gusta espiar a las personas, que no voy a ser terrorista ni horrorista ni nada que tenga que ver con el miedo, que no seré policía, ni princesa, ni...

—Pero, ¿entonces tú ya resolviste el problema? —pregunta Ferpás esperanzada.

Ferprés tarda en responder.

—Es que la lista de lo que no eres ni vas a ser parece infinita.

Las dos se miran en la penumbra de la recámara. Las dos se parecen tanto como dos preocupadas gotas de agua. Las dos bajan la cabeza con desdicha. De pronto las dos dicen a la vez:

—¿Y si...? —pero no terminan la frase.

Levantan la cabeza, se miran.

—¿Vamos? —preguntan las dos juntas y sin esperar respuesta se quitan la cobija y se bajan de la cama.

—¿Y tú crees que le gustará vernos? —pregunta Ferpás parada frente a la cama.

—Nos tiene que ayudar —susurra Ferprés junto a ella.

—Pero yo nunca he viajado hasta allá.

—Pues ya es hora... Escúchame: Arcoiris nos va a servir. Lo bueno es que está toda pelona. Sólo cierra los ojos y los abres cuando yo te diga. ¿Lista?

—Sí —dice Ferpás y ve que Arcoiris está parada en la cama moviendo el rabo. Se encuentra tan sin pelo como los pollos sin plumas que venden en el mercado.

—¡Ciérralos! —dice Ferprés dándole la mano a Ferpás.

Ferpás cierra los ojos. Intenta sentir algo y cuando escucha que Ferprés le dice: "A ver, abrámoslos ya", ella casi le dice: "No sirvió", pero sus ojos son más rápidos que su boca y ve a Arcoiris parada todavía en la cama, todavía moviendo el rabo y todavía jadeando con la lengua de fuera, pero completamente llena de pelo, como nunca antes la había visto, con tanto pelo que ni siquiera parecía tener patas.

—¿Arcoiris? —pregunta incrédula Ferpás.

Arcoiris gime de contenta y tiembla nerviosa.

—Todavía nos falta un poco —murmura Ferprés—. Vamos a cerrar otra vez los ojos.

—¿Otra vez?

—Sí, yo creo que nos falta como un mes para llegar.

—¿Pero, no le va a doler? —pregunta Ferpás señalando a Arcoiris.

—Sólo es pelo y sólo le está creciendo.

—Pero muy rápido.

—No, nosotras somos las que nos vamos moviendo muy rápido hacia delante.

—¿Y si no cerramos los ojos? —ruega Ferpás—. Quiero cuidarla para que no le pase nada.

—Nada le pasa. Pero, bueno, si quieres... Recuerda sólo mirarla a ella, ¿eh?, y prométeme que no te asustarás.

—Lo prometo —susurra Ferpás y le aprieta la mano a Ferprés.

Ya una vez Ferpás había visto cómo se desbordaba la espuma hasta el suelo porque su mamá echó demasiado jabón en la lavadora. Así le pasó a Arcoiris. El pelo le creció tan rápido como si una nube se encimara en otra nube. De pronto fue tan grande la bola de pelo blanco y ensortijado que la cubría, que Ferpás gritó:

—¡Se va a hundir!

El tiempo se detiene en ese instante. Y de la bola de pelo sale un ladrido. Ferpás corre alrededor de la cama y levanta a Arcoiris. Es como si abrazara una gigantesca burbuja tibia, suave, pachona. De entre los pelos, brota una lengua que lame la cara de Ferpás.

—¿De verdad estás allí adentro, Arcoiris?

Pero en ese momento surge una voz desde debajo de las cobijas.

—Yo no soy Arcoiris.

Y las cobijas salen volando hasta el suelo.

Sobre la cama está la Fernanda del futuro, o sea Ferfut, con el pelo todo revuelto y una sonrisa como luna.

—¡Hola! —exclama mirando a Ferpás—. Ya no me acordaba que fui así —y le da un beso. Luego mira a Ferprés y, antes de darle un beso también, le dice: "otra vez te cortaste el pelo".

—Ya ves —le dice Ferpás a Ferprés sacudiendo su pelo largo.

Ferfut la mira, sacudiendo también su larguísimo pelo, que le llega hasta la mitad de la espalda.

Ferprés no responde y sólo se limpia la mejilla donde la besó Ferfut.

—No estamos aquí para jugar —dice al fin.

—¿Y entonces qué hacen aquí...? —pregunta Ferfut—. Ah, ya sé... No me digan... Quieren saber lo que nos regalaron el año pasado y el antepasado por pasar de grado en la escuela, en el día del niño, en Navidad...

—Lo que me regalarán —corrige Ferpás emocionada, dispuesta a escuchar una lista de juguetes que, espera, sea muy grande.

—No, no —interrumpe Ferprés—. Tenemos un problema. Ésa es la razón de nuestra visita.

—¿No podemos decírselo después de que ella nos diga qué van a regalarnos? —intenta resistirse Ferpás.

—No —niega rotundamente Ferprés.

—Bueno —cede a regañadientes Ferpás.

Y entre las dos le cuentan todo a Ferfut, quien ni siquiera había podido cerrar la boca mirando a una y a otra Fernanda, tan parecidas entre sí como dos discutidoras gotas de agua.

—¿Y cómo se sienten? —pregunta Ferfut cuando acaban de relatarle la pesadillesca pregunta que les hizo la maestra de quinto.

—Pues bien mal.

—Pues enfadada.

—Pues molesta.

—Pues furiosa.

—Pues a disgusto.

Y las dos Fernandas se tapan la boca para que no se les sigan escapando las palabras.

—¿De dónde vienen esas palabras? —mascullan las dos con las manos en la boca.

—Yo nunca había dicho tantas.

Ferfut se ríe.

—No se preocupen. Es igual que con las uñas. ¿Ya las vieron?

Ferpás y Ferprés ven sus uñas largas como garras.

Ambas pegan un brinco de puro susto.

—Así como les crecieron las uñas con el viaje al futuro, así les crecieron a ustedes las palabras. Las palabras son como cebollas. Al principio sólo tienes una palabra para cada cosa, una cebolla, pero luego descubres que de esa bola blanca que es cada palabra se pueden sacar capas y capas de palabras. Yo antes hubiera dicho: "Me siento enojada". Sólo eso. Pero de la palabra "enojada", que es como la primera capa de la cebolla, han ido surgiendo, debajo, palabras más precisas que me ayudan a entender mejor lo que siento.

—¿Sí?

—Sí. Es algo que tiene que ver con la largura de...

—Eres una presumida —la interrumpe Ferprés y va a la cómoda, abre el cajón superior, rebusca entre la ropa hasta encontrar un cortaúñas—. ¡Una presumida hecha y derecha sólo porque has crecido unos centímetros más que nosotras!

—No dije altura sino largura —responde pacíficamente Ferfut—. Entre más palabras tenemos, más lejos vemos, más lejos sentimos y más lejos pensamos.

Ferprés acaba de cortarse las uñas y le da el cortaúñas a Ferpás.

—Pero entonces, ¿qué hacemos? —pregunta Ferprés—. A ver, a ver.

—Sí, ¿qué hacemos? —inquiere Ferpás sin levantar la vista, cortándose las uñas, pero no dejándolas caer al suelo sino guardándoselas en el bolsillo.

Ferfut se encoge de hombros y luego levanta los brazos.

—No sé ni me interesa —dice.

—¡¿Qué?! —gritan las dos.

—Sí —aclara Ferfut—. Eso hay que responder cuando alguien les haga una pregunta fuera de tiempo: "¡No sé ni me interesa!"

—¿Una pregunta fuera del tiempo? —pregunta Ferpás acuclillándose para recoger los pedazos de uñas que Ferprés dejó caer en el tapete.

—Fuera de tiempo —rectifica Ferfut—. Así como mamá dijo que hay sentimientos que sólo se mueven hacia delante, así hay preguntas que únicamente se responden cuando llega su tiempo. Son como la fruta. Nunca te comes un durazno cuando está verde. Pues igual. Si tratas de contestarlas antes de tiempo, te hacen daño.

—Por eso me duele la espalda —exclama Ferpás.

—Y a mí —confiesa Ferprés, quien no había dicho que ella también sentía como si dos alas se le hubieran enterrado entre los platos de la espalda.

—Comóplatos —rectifica Ferpás—. Se llaman "comóplatos".

—Pues eso —asiente Ferprés—. Me duele mucho.

Ferfut las abraza.

—Ni lo que vamos a ser ni lo que no vamos a ser. Esas son preguntas que no se hacen. ¿Y saben por qué...? Porque todavía no tienen respuesta. Yo no lo sé aún y véanme, tan tranquila. Indolora, inmune al dolor de los omóplatos.

Ferfut baja la voz porque se oyen pasos del otro lado de la puerta.

—Cuando les pregunten algo así, cojan la pregunta por cualquiera de sus ocho patas y regrésensela a quien se las hizo.

En ese momento se abre la puerta de la pieza.

—¿Estás despierta, Fernanda?

Es su mamá. Tiene una bata de dormir, los pelos revueltos como nido y la cara descompuesta de sueño.

Ferfut señala hacia la cama.

—Me despertó Arcoiris, mamá.

La mamá de Fernanda casi grita del asombro.

—¡¿Hace cuánto que no la llevamos a la peluquería?! —dice sorprendida.

Arcoiris es un mundo de pelo que pega ladridos de contenta.

Ferfut sonríe y mira hacia la parte baja de la cama, donde sobresalen un par de rostros tan semejantes como dos regocijadas gotas de agua.

Ferfut les guiña un ojo.

Ferpás y Ferprés agitan la mano para despedirse.

—Entonces, Fernanda —pregunta la maestra de quinto al día siguiente—, ¿ya sabes lo que serás de grande?

Fernanda se muerde los labios, se pone roja, pero al fin se atreve a decir:

—No sé, maestra. Creo que es una pregunta que todavía no me interesa responder... ¿Y usted, maestra, usted es ahora lo que quiso ser cuando era niña?

A la maestra de quinto le cambió el gesto como si su rostro fuera una casa y el techo de la casa se acabara de caer.

—Eh... Eh... —tartamudea y luego apenas puede balbucear—. Creo... Yo creo... Yo creo que mejor aquí se acaba la clase... Váyanse, váyanse ya, que me duele la espalda.

Todos en el aula gritan felices porque al fin empiezan las vacaciones de Navidad.

—Maestra —dice Ferpás al pasar ante el escritorio—, no se preocupe. Es la araña, los comóplatos y las alas metidas al revés en la espalda.

La pesadilla de las cuatro rayas blancas

Fernanda está frente a la ventana de su pieza. Desde allí mira el lento descenso del sol en el horizonte y el progresivo alargamiento de las sombras. No quiere que sea de noche. Ha tenido pesadillas. Preferiría no dormir.

Fernanda respira hondo y cierra los ojos.

—¿Lista? —se pregunta a sí misma, pero en lugar de decir "¡sí!" o "¡lista!", exclama: "¿atsiL?", y abre los ojos para ver que el sol sube un poquito en el cielo y que las sombras comienzan a arrastrarse en el suelo de regreso a cada cosa de donde han salido.

Fernanda camina de espaldas hacia la puerta, cuidándose de no tropezar.

Lo ha aprendido.

Ella sabe que así se viaja al pasado, haciendo las cosas al revés. Por eso aspira por la boca y saca el aire por la nariz. Por eso primero dice: "saicarg"; luego se limpia la nariz con un pañuelo y justo antes de estornudar escucha decir a su papá:

—¡dulaS!

Entonces estornuda.

Descender por la escalera caminando hacia atrás no es nada fácil. No se vale volver la cabeza y mirar si Arcoiris está acostada en un escalón o si ella dejó olvidado un patín allí.

Atraviesa la sala y apenas llega frente al televisor, su mamá le dice:

—Tele la apaga, Fernanda.

Y ella, desobedientemente, le dice:

—¡mamá, Ay!

Y la enciende.

Cuando se sienta a ver un programa que está empezando por el final, Fernanda piensa que por más que vaya hacia el pasado, la noche seguirá ahí, esperándola, y que lo mejor sería adelantar los minutos y amanecer en el futuro. Fernanda va hacia el televisor.

—Fernanda, apaga la tele —dice su mamá.

Pero ella ya la apagó y sube por las escaleras viendo que ni hay patines ni Arcoiris está por allí.

—Achú.

—Salud.

—Gracias.

Y luego llega a su recámara, se queda de pie frente a su ventana mirando el lento descenso del sol en el horizonte y la progresiva llegada de las sombras al mundo. No quiere que sea de noche. Ha tenido pesadillas. Preferiría no dormir.

Fernanda respira hondo y cierra los ojos.

—¿Lista? —murmura, y luego agrega—: ¡En sus marcas, listos...!

Y antes de decir “fuera”, ya se está desvistiendo con rapidez, se mete en la regadera, permanece bajo el agua sólo un minuto, seca su cuerpo y su pelo, se pone la piyama, baja corriendo, se sube en una silla de la sala, adelanta una hora el reloj de pared y cierra las cortinas para que su mamá no vea que todavía no es completamente de noche allá afuera.

—¿Me das mi merienda, mamá?

La mamá sale del estudio, mira sorprendida el reloj, balbucea algo como “qué rápido corre el tiempo cuando una está...”, pero ni siquiera termina la frase. Le sirve la leche caliente y el pan.

—Tu papá se está tardando en bajar —dice la mamá y mira hacia el techo.

Cuando está a punto de llamarlo a gritos, Fernanda dice: “¡Ya!”

La mamá ve que en el vaso no queda una sola gota de leche y que no hay ni siquiera una miga de pan en el mantel. Antes de que pueda abrir la boca, Fernanda le da un beso.

—Hasta mañana —susurra y sube de dos en dos la escalera.

Cuando Fernanda se mete bajo las cobijas, siente miedo, pero ella sabe que si quiere ir avanzando hacia el futuro tiene que ir ganando más y más minutos.

Una hora después suena el despertador y ella abre los ojos. Se levanta y corre por toda la casa adelantando las manecillas de cada reloj. Luego come su desayuno en un tris y toca la puerta de sus papás.

—¡Se les hizo tarde! —grita.

Ellos se levantan asustados.

—No oí el despertador —dice el papá.

—Mira, se retrasó el reloj —dice la mamá—. Por eso no sonó. Debe estar descompuesto.

Y los dos salen apresurados de la recamara, abren las cortinas y... ¡es de día!

Fernanda les dice adiós, corre por las calles hacia la escuela, y todas las niñas y todos los niños van saliendo de sus casas y corren detrás de ella.

Fernanda piensa que debería haber una manera más fácil de llegar al futuro. Algo sencillo como adelantar las hojas del calendario, por ejemplo. Eso piensa mientras regresa a casa luego de clases, mientras cena, mientras vuelve a meterse en la cama. "Algo más vertiginoso todavía, como decir 'trece de diciembre', y de verdad aparecer seis meses después, justo el trece de diciembre". Lo piensa abriendo y cerrando los ojos, o sea durmiéndose y despertándose, durmiéndose y despertándose cada vez más rápido, como si estuviera montada en un carrusel y los días pasaran y pasaran. Fernanda piensa que sería mejor aún si para llegar al futuro sólo bastara decir: "Quiero estar..." Pero no acaba su pensamiento pues con la velocidad que lleva no alcanza a frenar, choca con una niña que apareció de pronto en su camino y las dos ruedan por el suelo.

—¿Ferprés? ¿Qué haces aquí? —le pregunta Ferfut.

Ferprés jadea todavía un momento y cuando logra acompasar su respiración, exclama:

—¡Es muy cansado venir a verte!

Las dos se levantan y se sientan en la cama.

—Pues viajar para atrás —dice Ferfut— tampoco es muy sencillo, ¿sabes? No importa si es por el camino largo o por el camino corto... Nada fácil.

—Pues tenemos que ir al pasado.

—¿Para qué? —se altera Ferfut—. No, yo no puedo... Es que yo... Mañana...

—A ver, ¿por qué no estás dormida?

Ferfut extiende los brazos.

—No tengo sueño —dice, pero se le escapa un largo bostezo.

—No es cierto —niega Ferprés mirándola a los ojos—. Tienes miedo.

Ferfut deja caer los brazos. De pronto se ve muy agobiada.

—Yo también tengo miedo —agrega Ferprés—. Por eso estoy aquí. Quiero que me ayudes a descubrir qué nos pasa.

Ferfut suspira.

—Bueno —dice, y luego agrega—. Pero tenemos que disfrazarnos para que nadie nos vaya a reconocer.

Y saca del ropero una caja llena de pelucas.

—¿Y esto?

—Las colecciono.

Ferfut elige una peluca negra que parece tormenta con todo y truenos. Ferprés elige una pelirroja llena de rulos.

—Como Arcoiris —dice.

Y se llevan una peluca más.

—¿Por cuál vía vamos a viajar hacia atrás? —pregunta Ferprés.

Ferfut la mira.

—Tenemos prisa, ¿no? Pues por el camino corto... Pero va a doler, ¿eh?

—¿Doler?

—Sí, porque precisamente vamos a viajar por la ruta del dolor.

—¿Y cómo es eso? —pregunta Ferprés con voz temblorosa.

Ferfut se levanta el pantalón de la piyama hasta la rodilla.

—¿Te acuerdas?

Ferprés la imita y ve una cicatriz en su rodilla exactamente igual a la de Ferfut.

Cuando las dos están mirando las cicatrices, Ferprés descubre un rasguño en la muñeca de Ferfut.

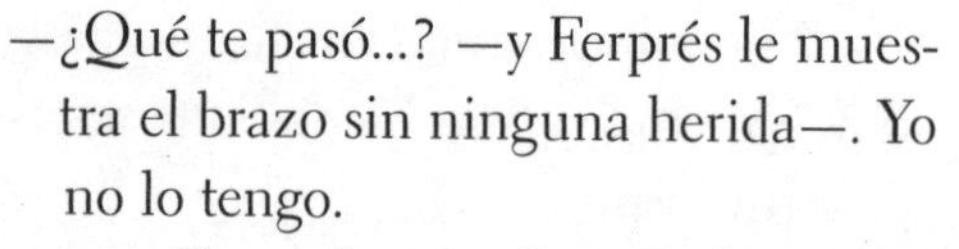

—¿Qué te pasó...? —y Ferprés le muestra el brazo sin ninguna herida—. Yo no lo tengo.

—Yo qué sé —dice Ferfut—. No me preguntes y concéntrate en la rodilla.

Las dos se miran sus rodillas, sin parpadear siquiera.

De pronto las dos están en el parque y de sus rodillas brotan hilos de sangre.

—¡yA!

—¡yA!

—Y en el rostro de Ferprés y en el rostro de Ferfut suben gruesos lagrimones.

Su mamá llega corriendo.

—¿cayeron se también Ustedes?

Lo bueno es que están disfrazadas con las pelucas.

—oN.

—oN.

Dicen eso las dos y se van cojeando

—¡nerepsE! —grita la mamá.

Pero ellas se esconden tras un árbol.

—¿Falta mucho? —pregunta Ferprés un poquito temerosa.

—Creo que otras dos cicatrices más —dice Ferfut muy poco convencida.

—¿Cuál cicatriz elegimos ahora?

—No sé, una que no duela mucho.

Y las dos comienzan a mirarse los brazos y las manos. De pronto Ferfut mira a Ferprés.

—Tú también tienes esas cicatrices en el cuello —dice.

Ferprés intenta mirarse pero es imposible.

—¿Cuáles?

—Mira —dice Ferfut y baja la cabeza, se levanta el pelo y le muestra las cuatro líneas blancas que tiene detrás del cuello.

Las dos se quedan un momento en silencio y se van poniendo pálidas como si hubieran visto un fantasma.

—¿Te acuerdas cuando nos hicimos esa cicatriz? —pregunta Ferprés.

—No... ¿Y tú?

—Yo no sabía que la tenía —responde Ferprés—. ¿La usamos para ir hacia el pasado?

Ferfut entrecierra los ojos, pensativa.

—No, yo creo que mejor no.

Y las dos suspiran aliviadas.

Mientras tanto, la Fernanda del pasado, o sea Ferpás, se encuentra acostada en su cama. Las cobijas la cubren bien arriba hasta el mentón y tiene los ojos redondos como platos. Mira hacia la puerta y luego hacia el techo y hacia la ventana. Su cara está blanca como la harina. Cuando su mirada redonda se posa en su propia cama, casi se desmaya y casi grita. ¡Hay un bulto enorme arrastrándose en el interior de su cama!

Ferpás siente que su corazón se sale del pecho. Está a punto de morirse de miedo, pero entonces se deja escuchar una vocecita:

—¡Qué calor!

Y luego otra:

—¡Y huele a pies!

Y entonces las cobijas salen volando y aparecen debajo una Fernanda con una peluca como tormenta y otra Fernanda con una peluca como Arcoiris.

Ferpás se pone contenta y las abraza.

—¡Qué bueno que vinieron!... Tengo miedo

—Sí, lo sabemos —dice Ferfut.

—¿Lo saben? ¿Cómo lo saben?

Ferprés ve a Ferfut.

—Bueno, ya nos pasó —murmura Ferprés.

—Nos sigue pasando —corrige Ferfut.

—Quieren decir que ustedes todavía siguen soñando que están en el cine... —balbucea Ferpás.

—O en el salón de clases... —agrega Ferprés.

—O en el comedor de la casa, sentada, a punto de comer... —se encima Ferfut.

—O a veces cuando estás frente al espejo, y aunque oyes una respiración e incluso la sientes en la nuca, no ves ningún reflejo.

—Pero siempre llega por detrás.

—Y siempre se escucha como cuando arrastras las uñas en el pizarrón.

—Una vez —recuerda Ferfut— yo sentí lo mismo cuando mi mamá me estaba peinando y comencé a gritarle: "¡Quítamelo, quítamelo!"; pero ella decía: "¡¿Qué te pasa, Fernanda?!... ¡No hay nada! ¡No hay nada!"

Ferpás las mira desconcertada. Comienza a llorar.

—Entonces, si ustedes sufren todavía la pesadilla... —gime Ferpás—, significa que yo voy a seguir aterrada muchas noches.

—No —dice Ferprés recogiendo las cobijas que están en el suelo.

—No —respalda Ferfut levantando también la colcha que se halla tirada.

Pero aunque las dos han negado, las tres acaban acostadas en la cama con cobijas y colcha subidas hasta el mentón y con los ojos redondos de miedo.

Entonces Ferpás las mira.

—¿Y a ustedes dónde las lastima la pesadilla? —les pregunta.

—¿Dónde lastima? —dice Ferprés.

—Sí, ¿dónde les duele?

—No entiendo —dice Ferprés.

—Sí. A mí me lastima aquí —y se lleva la mano a la nuca.

Ferprés y Ferfut se miran. Luego las dos le levantan el pelo a Ferpás. Allí, en la parte de atrás de su cuello, aparece la cicatriz de las cuatro rayas blancas.

Las dos se miran de nuevo.

—¿Qué pasa? —pregunta Ferpás.

Ferprés y Ferfut se ponen frente a ella.

—¿Prometes ser valiente?

—Pero...

—Sólo así podremos saber lo que nos aterra.

Ferpás traga saliva.

—Lo prometo —susurra.

—Bueno, pues primero... —dice Ferfut colocándose en la cabeza su peluca negra con rayos y truenos.

—Primero tienes que ponerte esto —completa Ferprés y se pone sobre su pelo corto la peluca pelirroja y rizada estilo Arcoiris.

—Es para que no nos reconozcan.

Ferpás ve la peluca azul que le muestra Ferprés.

—Pues está bien —dice al fin y se encasqueta la peluca azul, larga como cascada.

La Fernegra, la Ferroja y la Ferazul se muestran entre sí la misma cicatriz del cuello y después se toman de las manos.

—No vayan a gritar, ¿eh? —dice Ferfut cuando cierran los ojos.

La verdad es que las tres tienen miedo. La verdad es que las tres están intentando ser valientes.

Cuando abren los ojos, lo primero que ven es una sillita de auto y, dentro de la sillita, a una bebé.

—La verdad es que esa chiquita se parece un poco... —dice lentamente Ferfut.

—¿Tú crees? —la interrumpe incrédula Ferprés.

—Sí, ella es nosotras —confirma Ferpás.

La Fernanda bebé abre los ojos y les sonríe.

Ferpás, Ferprés y Ferfut están escondidas en el asiento trasero de una camioneta, en el hueco donde se ponen las piernas.

Escuchan de pronto un estallido y luego suena como si muchos caballos se desbocaran y corrieran en estampida.

—No le subas tanto —escuchan decir a mamá.

—Es la canción que me gusta —escuchan decir a papá.

—¿Eso es una canción? —susurran asombradas las tres Fernandas empelucadas.

Y la Fernanda bebé hace una mueca que revela que a ella tampoco le gusta nada la canción.

Entonces, sobre la estampida de tamborazos que emite la radio del auto, las tres Fernandas oyen un ruido nuevo.

—¿Y eso? —pregunta Ferprés.

—No sé —responde Ferfut.

—Parece que viene de atrás —murmura Ferpás y señala a Fernanda bebé, quien parece escuchar también los ruidos y por eso arquea el cuerpo en la sillita y echa la cabeza hacia atrás.

Las tres Fernandas se arrastran por el asiento y se hincan junto a la silla. Antes de asomarse a la cajuela descubierta, Ferfut dice:

—Esperen.

Mira el cuello de la Fernanda bebé, mientras ésta ha logrado pescar uno de los mechones de la cascada azul de la peluca de Ferpás y tira de ella.

—¡No tiene la cicatriz! —dice Ferfut feliz.

Pero en ese momento el papá se emociona tanto con la canción que empieza a cantar a gritos. Al mismo tiempo, el ruido que proviene del fondo de la camioneta se vuelve más fuerte.

Entonces las tres se asoman a la cajuela y encuentran una caja de cartón.

Pero la caja tiene unos pequeños agujeros en la tapa.

Y el cordón que anuda la caja se está aflojando.

Y de adentro de la caja emergen sonidos chirriantes como si muchas uñas resbalaran por la superficie de un pizarrón.

Las tres Fernandas, bajo sus pelos negros, rojos y azules, empalidecen asustadas.

—La pesadilla —murmura Ferpás.

—La pesadilla —confirma Ferprés.

Y antes de que Ferfut pueda decir nada, salta la tapa de la caja y brota de allí dentro una bola de pelos.

Ferpás y Ferprés pegan tal brinco por el susto que de sus cabezas salen impulsadas las pelucas como pájaros de colores.

El monstruo mira con ojos desorbitados a Ferfut, pero Ferfut no se mueve.

El monstruo abre otra vez su boca, enseña sus colmillos blancos y salta.

El monstruo hubiera caído justo encima de la cabeza de Fernanda bebé, pero Ferfut lo cogió en el aire.

Ahora el monstruo se sacude entre sus manos chillando horriblemente.

—¿Oíste? —pregunta la mamá sobresaltada y apaga el radio.

El papá frena de golpe y mira a la mamá.

—¿Cerraste bien la caja? —alcanza a decir antes de que el monstruo caiga en medio de ellos.

—¡El gato! —grita la mamá.

—¡Se escapó! —grita el papá.

Y entre los dos logran apresarlo.

Luego murmuran horrorizados:

—Fernanda.

Y se vuelven para mirar el asiento trasero.

Fernanda bebé está sonriendo como un sol.

—¿No le hizo nada el gato? —pregunta el papá con voz temblorosa.

—Parece que no —dice la mamá aliviada—... pero qué es eso que tiene en la mano Fernanda.

El papá y la mamá miran y sacuden la cabeza con incredulidad.

—Parece una peluca.

—¿Una peluca azul?

—¿De dónde la sacó?

Cuando el papá baja de la camioneta con el gato ("voy a ponerlo de nuevo en la caja", dice) y la mamá extiende las manos hacia la sillita ("ven, mi amor, ven amor mío —dice con cariño—, ¿no te asustaste?"), Fernanda bebé mira a Ferpás, a Ferprés y a Ferfut todavía escondidas.

—Adiós —dicen las tres sólo moviendo los labios pero sin producir sonido—. Adiós, Fernanda.

Fernanda bebé les sonríe.

Al parecer, las pesadillas se han acabado.

Santalaca, Santalaquitas y el Día de Muertas

—Te traje al futuro para enseñarte esto —dice Ferfut al entrar en su pieza.

Detrás de ella aparece Ferprés.

Ferfut levanta el colchón de la cama y saca un cuaderno.

—¡Guau! —exclama Ferprés al tomarlo en sus manos y hojearlo—. ¡Cuántos timbres tenemos ya!

Pero Ferfut no la escucha; se inclina y saca de más abajo una serie de delgadas cajas de madera donde hay cantidad de insectos sujetos con alfileres.

—¿También coleccionamos bichos? —pregunta Ferprés y comienza a leer los letreros escritos bajo los insectos—: *muscidae, iridomyrmex humilis, lepidoptera.*

Al final se cansa de pronunciar nombres tan difíciles.

—¿Desde cuándo empezaste a juntarlos? —pregunta levantando la cabeza, pero no ve a Ferfut.

Ferfut ha empujado una silla hasta el ropero, se ha subido y rebusca allá encima.

—¿A juntarlos? ¿Yo? —dice Ferfut desde arriba—. ¡La colección de insectos la empezaste tú! La primera fue la mariposa.

Ferprés se acerca a la silla.

—Pero yo encontré a Coral casi muerta y cuando se murió yo sólo quería enterrarla.

—Sí, pero en lugar de meter a tu mariposa Coral bajo la tierra, la guardaste... Y también guardaste esto.

Y Ferfut comienza a pasarle cajas, libretas, bolsas...

—¿Uñas? —pregunta Ferprés con repugnancia, mirando el interior de una de las bolsas.

—Sí, pedacitos de uñas.

—¿Pero para qué juntamos esto?

—Yo qué sé.

Ferprés entrecierra los ojos, pensativa.

—¿Empezaste tú esta colección? —pregunta.

—¿Yo...? ¡Claro que no!

—Yo tampoco.

Las dos se miran y dicen al mismo tiempo:

—¡Ferpás!

Ferfut se baja de la silla.

—La verdad es que a ella siempre le ha gustado juntar cosas —murmura Ferprés.

—¡Dímelo a mí!

Y le señala la pared llena de montonales de plumas de ave multicolores y las repisas colmadas de ordenadas latas de aceitunas.

—¿Y todavía tienes la colección de conchas de mar? —interroga Ferprés mirando las latas y las plumas.

—Allá abajo.

—¿Y la de piedras?

—En el patio.

Ferprés se sienta en el tapete.

—¿Oye? —pregunta—, ¿te acuerdas cuando Ferpás comenzó a coleccionar agujeros?

—¡Cómo no me voy a acordar! —responde Ferfut y se sienta también—. El agujero del anillo de mamá...

—Y los dos agujeros llenos de pelos de papá.

—Y el agujero alargado de la cocina por donde se metió la rata.

—¿Y te acuerdas que llevábamos una lista de todos los agujeros que liberábamos cuando nos comíamos las donas?

—Agujeros de moka.

—Y agujeros de chocolate.

—Y agujeros glaseados.

—Y agujeros cubiertos de azúcar.

—Luego nos salimos de la casa —ríe Ferfut— y comenzamos a apropiarnos de los agujeros del pavimento.

—Y de los agujeros que hicimos en la playa.

—Como cien.

—Y papá sólo decía que para qué tanto hoyo y que el agua estaba tibia y que nos la estábamos perdiendo.

—¡A ver, Fernanda! —Ferfut se levanta, pone las manos en la cintura y agrava la voz para que suene como la de su papá—. ¿Me quieres decir qué diablos estás haciendo?

Las dos se carcajean.

—¿Te acuerdas la cara que puso papá viendo todos los agujeros en la playa como si un topo se hubiera ido a asolear?

Las dos se revuelcan de risa en el tapete.

—Pero, ¿a que no te acuerdas de las preguntas que inventábamos?

Ferfut se rasca la cabeza.

—Sé que coleccionábamos preguntas que no caben ni hacen en las escuelas... Lo que pasa es que ya no me acuerdo de ninguna.

—¿Te digo?

—A ver.

—La pregunta es: ¿Tenemos pelo del otro lado de la piel? Y si de verdad crece el pelo adentro de nuestro cuerpo, ¿de qué color es y quién lo corta?

—Ya me acordé —dice Ferfut.

—Te digo otra: ¿Por qué si los párpados están justo frente a nuestros ojos, nunca los podemos ver? O sea, ¿por qué no vemos nuestros párpados ni con los ojos abiertos ni con los ojos cerrados?

—Ya se me ocurrió una —exclama Ferfut.

—Dila, anda.

—Si nuestro cuerpo está mojado por dentro, ¿por qué no nos salen hongos?

—¿Y a qué huele si siempre está encerrado?

—¿Y está oscuro?

—¿Y tenemos aire adentro?

—Y si tenemos aire, ¿por qué no nos desinflamos cuando nos abrimos una herida?

—Y a ver ésta: cuando nos reímos, ¿desde dónde viene la risa: desde la panza, desde los pulmones, desde la garganta, desde la boca?

Ferfut se tapa las orejas de pronto.

—¡Bueno, ya!

Ferprés ríe.

—¡Qué divertido! Así que las colecciones de Ferpás han llegado hasta ti.

Ferfut se quita los anteojos y los limpia con su playera.

—Sí —dice—, precisamente ése es el problema.

—¿Cuál problema? —pregunta Ferprés.

Pero antes de que Ferfut pueda responder se escucha un griterío en la calle.

Ferfut se pone de nuevo los anteojos y luego señala hacia la ventana.

—Ése es el problema, la otra colección.

—¿Colección?

Las dos se acercan a la ventana, descorren un poco la cortina y ven la cantidad de niñas y niños frente a su casa. Aunque llevan velas y calaveritas de azúcar, no parecen muy contentos.

Ferprés palidece y se aleja de la ventana.

—¡¿Qué día es hoy?!

—¡Ya entendiste! Hoy es Día de Muertos.

—¿Entonces...?

—Ajá, todas esas niñas y niños nos están esperando.

Ferprés se asoma de nuevo.

—¿Están sacando juguetes?... ¿Por qué parece como si los juguetes estuvieran rotos?

—¡Qué sé yo! —dice Ferfut.

Ferpás está muy tranquila en el pasado. Tiene un montón de monedas sobre el tapete, va cogiéndolas, les echa pegamento en una de las caras y luego las adhiere a una hoja.

Ferprés y Ferfut están detrás de ella.

—Aquí empieza todo —murmura Ferfut.

Ferpás se vuelve y se encuentra con las dos Fernandas.

—¡Hola! —dice.

Pero las dos se muestran muy serias; así que pregunta:

—¿El empiezo de qué?

Ferprés y Ferfut se sientan junto a ella.

—Dentro de unas horas van a venir tus amigas... —comienza Ferfut.

—Pero si yo no las invité —interrumpe Ferpás.

—Bueno, van a venir —sigue Ferfut sin hacerle caso.

—Y a ti se te va a ocurrir decir algo —agrega Ferprés.

—A lo mejor porque estabas aburrida.

—O porque pensaste que sería divertido.

—El caso es que vas a hablar no del Día de Muertos... sino del Día de Muertas.

Ferpás, que sólo movía la cabeza de un lado a otro para mirar a Ferprés y a Ferfut, se echa hacia atrás, se tapa la boca y abre desmesuradamente los ojos. Ferfut dice:

—El caso es que no sólo vas a decir eso.

—No, qué va —exclama Ferprés—. No sólo vas a decir que junto al Día de Muertos está el Día de Muertas, y que es bien raro que nadie hable de ello...

—No. Te va a gustar tanto la manera en que te mirarán...

—Sus ojos redondos...

—Sus bocas abiertas...

Ferfut se acerca a Ferpás y le dice suavecito:

—Que entonces vas a decir que durante el Día de Muertas las niñas reciben regalos.

Ferpás mira sorprendida a Ferfut.

—¿Diré eso?... pero si yo no lo sabía...

—No, es verdad... se te va a ocurrir en el momento —interviene Ferprés, y continúa: les dirás a tus amigas Samy, Jhovana y Vivi, que si nunca se les había ocurrido pensar lo extraño de que los tres Reyes Magos sean hombres y también Santa Claus. ¿Por qué sólo hay hombres que dan regalos a las niñas y a los niños?

—San Claus —rectifica Ferfut—, así es como se tendría que decir, "san" y no "santa", porque "santa" es para las mujeres y ni que con esas barbas Santa Claus fuera mujer.

—Vas a convencer a tus amigas —continúa Ferprés— de que debe existir una mujer que también regale: Santalaca.

—¿Santalaca? —pregunta Ferpás.

—Sí; así le vas a llamar. Y vas a convencer a tus amigas. Tú misma te vas a convencer de que es verdad.

A Ferpás se le iluminan los ojos.

—¡¿Es verdad?! —pregunta con emoción.

—¡Qué va a ser verdad ni que los colmillos de Arcoiris! —se desespera Ferfut—. ¡Tú lo inventaste!

—Lo inventarás —murmura Ferprés.

—En unas horas, cuando vengan tus amigas, les dirás que, para recibir regalos de Santalaca, deberán estar junto a la ofrenda que pongan en sus casas y esperar allí hasta la medianoche.

—Y que sólo entonces recibirán lo que deseen.

—¿Únicamente por estar junto a la ofrenda? —interroga Ferpás.

—Eso dirás.

—¿Y luego? —pregunta de nuevo Ferpás.

—Nada. Que tus amigas se van a ir corriendo a sus casas y tú te quedarás aquí; y en lugar de disfrazarte y salir a las calles para pedir calaverita, te sentarás junto a la ofrenda.

—¿Yo? —se asombra Ferpás.

—Sí, tú.

—El reloj sonará su campana siete veces cuando sean las siete.

—Y cuando sean las ocho de la noche, papá te preguntará si no vas a salir.

—Y a las nueve de la noche, mamá te tocará la frente y te preguntará si te sientes bien.

—Y luego darán las diez de la noche y tú seguirás junto a la ofrenda.

—Y serán las once.

—Y justo cuando lleguen las doce de la noche...

—Cuando suenen las campanadas...

—Una, dos, tres...

—Cuatro, cinco, seis... Así las irás contando emocionada, de pronto muy despierta porque ya te estabas muriendo de sueño.

—Siete, ocho, nueve...

—Y tu corazón saltándote en el pecho.

—¡Pom! La décima campanada.

—¡Pom! La onceava campanada.

—¡Pom! La doceava campanada.

Ferpás, quien ya no soporta la ansiedad, grita:

—¡Qué! ¿Qué va a pasar?

Ferfut sacude la cabeza.

—¡Nada!

—Te darás cuenta de que te perdiste la noche de la calaverita...

—Y de que no tienes ningún dulce.

—¡Te lo perdiste!

—En lugar de haber ido de casa en casa recolectando mazapanes, chocolates, bombones, paletas, chicles... lo que coleccionaste fue una desilusión.

—Varias desilusiones.

—Sí.

—No sólo la tuya.

Ferpás está pálida y desencajada, como si tuviera dolor de muelas.

—Sí, mañana todas tus amigas te reclamarán pues tampoco en sus casas sucedió nada.

—Y te dirán que las engañaste con Santalaca.

—Y que les regreses su "noche de calaverita".

—El caso es que te llevará semanas lograr que tus amigas te perdonen.

—Y meses para que olviden.

Ferpás se tapa las orejas.

—¡Ya, ya, no me digan más! —grita.

Ferprés le separa las manos para que siga escuchando.

—¿Y todo para qué?

—Para que dentro de un año...

—El mismo primero de noviembre...

—Les digas: "¡Ya sé!"

—¿Ya sé? —pregunta Ferpás.

—Sí. "Ya sé". Así dirás.

—Gritarás: "¡Ya sé, me equivoqué!" —susurra Ferprés.

—Que te equivocaste —dice Ferfut.

—Que tardaste mucho en darte cuenta de tu error, pero al fin lo descubriste.

—Y entonces... —murmura Ferfut—, dirás la segunda mentira.

—¿Yo? —balbucea Ferpás queriendo llorar.

—No. Tú no —rectifica Ferfut y señala a Ferprés—. ¡Tú!

Ferprés baja la cabeza y comienza a mover el pie como si planchara el tapete con la suela de su zapato.

—La mentira de "Santalaca y los juguetes" —dice Ferfut— cumplirá un año y Ferprés dirá que se equivocó, sólo para inventar una mentira más grande.

—¿De verdad? —pregunta Ferpás—, ¿más grande?

—Anda —dice Ferfut a Ferprés—. ¡Cuéntale!

Ferprés se levanta y comienza a caminar alrededor de Ferpás y Ferfut, quienes siguen sentadas en el tapete y echan la cabeza hacia atrás para mirarla.

—Pues resulta que otra vez estarán todas tus amigas... Bueno, no todas porque algunas ya nunca quisieron saber nada de mí.

—Ya cuéntale a Ferpás lo que les dijiste.

—Pues les comenté que me equivoqué en lo más importante —dice Ferprés y aprieta los ojos de la pura vergüenza—... que no se trataba de estar junto a la ofrenda sino de ir al cementerio.

Ferpás la mira con ojos desorbitados.

—¿Al cementerio? —pronuncia con lentitud—. ¡Uy, qué miedo!

Ferprés abre los ojos.

—Pues dentro de un año no serás tan miedosa —dice—, ni nuestras amigas tampoco. Les dije que avisaran en su casa que iban a pedir calaverita, pero que nos veríamos en la entrada del cementerio.

—¿Y entonces? —interroga Ferpás.

Ferprés se acuclilla frente a ella.

—Les dije que me equivoqué también en lo de las muertas

—prosigue Ferprés—, que no era a la muerta adulta a la que había que pedirle sino a las muertas niñas. Las adultas les piden a las adultas y las niñas a las niñas. O sea que en lugar de esperar a Santalaca teníamos que esperar a las Santalaquitas.

—¿Santalaquitas?

—Sí, a las muertas pequeñas —responde Ferfut.

—Bueno —prosigue Ferprés—, les dije que buscaran las tumbas de las niñas.

—¿Y qué sucedió? —volvió a preguntar Ferpás.

—Pues que cada cual buscó una tumba y nos separamos.

—¿Y luego?

—Pues... pues... —tartamudea Ferprés.

—Dilo —la apresura Ferfut.

—Pues que a las diez de la noche salí corriendo del cementerio y no paré hasta llegar a casa.

—Y esta vez nuestras amigas —dice Ferfut tristemente— tardaron más en perdonarnos y todavía más en olvidar.

—Pero, entonces, allí se acabó todo, ¿verdad? Se acabó la mentira y se acabaron los problemas, ¿no? —dice Ferpás ansiosa.

—Justamente ahí está el detalle —murmura Ferfut y se ruboriza.

—¿El detalle? —preguntan Ferpás y Ferprés.

Ferfut se estruja las manos.

—Es que lo volví a hacer —confiesa.

—¡¿Qué?!

—¡¿Qué?!

Ferfut se levanta y comienza a caminar nerviosa.

—Es lo malo de las mentiras —murmura—. Una jala a otra. Es como una bola de nieve. Cuando las mentiras empiezan a rodar, ya nadie las detiene. Sólo avanzan recogiendo más y más capas de mentiras.

—Una colección de mentiras —resume Ferpás.

—Exacto —confirma Ferfut.

—¿Y qué dijiste esta vez? —interroga Ferprés.

—Yo no quería —intenta defenderse Ferfut.

—¿Y entonces?

—Es que no pude callarme —murmura Ferfut y se enjuga la frente, que de pronto se le ha llenado de sudor—. Junté a mis amigas y les dije que los aztecas tenían un siglo que no duraba cien años como el nuestro, sino cincuenta y dos años.

Ferfut habla como si fuera un cohete.

—Cuando se cumplía su siglo, tenían que romperlo todo. Creían que si se rompía cada cosa que existía, entonces tendrían cosas nuevas. Las mamás y los papás desgarraban sus ropas y despedazaban toda la vajilla y las computadoras y los autos.

Ferpás y Ferprés miran a Ferfut boquiabiertas.

—¿Y las niñas? —se atreve a preguntar Ferprés.

—Las niñas —responde como un relámpago Ferfut— rompían sus juguetes. Lo rompían todo. Muñecas, cocinitas, libros.

—¿Todo? —pregunta un poco aterrada Ferpás.

—Todo de todo —afirma Ferfut.

—¿Y mis amigas te hicieron caso? —pregunta Ferpás para ya

no seguir pensando en todos los juguetes que rompería en el futuro.

—¿Y las mías? —pregunta Ferprés.

—Bueno —confiesa Ferfut—, fueron otras amigas que ustedes no conocen. Mis amigas. Porque de las amigas de antes ya no queda más que Samy.

—¿Qué les hiciste? —se enoja Ferpás.

—¿Qué les hiciste tú con la mentira? —se enoja también Ferfut.

Ferprés se coloca entre ellas para que no peleen.

—Todavía no pasa, todavía tienes a tus amigas —le dice Ferprés a Ferpás—; por eso estamos aquí, para que veas lo que nos va a pasar si seguimos coleccionando mentiras. Entre más mentiras juntemos, menos amigas tendremos.

Ferprés se acerca a Ferpás.

—Queremos que no hables del Día de Muertas.

Ferfut se acerca también.

—Que cuando vengan Vivi, Samy y Jhovana, no inventes lo de los regalos.

Ferprés y Ferfut le hablan muy cerquita de su rostro.

—Que dejes "la noche de la calaverita" en paz.

—Y que salgas como todas las niñas normales a pedir dulces.

Ferpás suspira y se sienta en la cama. Parece agobiada.

Al fin se atreve a susurrar algo:

—¿Puedo pedirles algo a cambio?

Ferprés y Ferfut se quedan boquiabiertas.

—¿Nos estás poniendo una condición? —dice Ferfut—. Después de todo lo que...

—No; les estoy pidiendo un deseo. Es igual que con las Santalaquitas. Un intercambio. Yo prometo no decir la mentira del Día de Muertas y ustedes, como si fueran mis Santalaquitas, me ofrendan un deseo.

Ferfut se tira de los pelos desesperada.

—¿A ver, qué quieres? —pregunta Ferprés también molesta.

Ferpás se les acerca y les susurra al oído su deseo.

Los rostros de Ferfut y Ferprés se iluminan.

—¿Sólo eso? —pregunta Ferprés.

—Sí.

—¿Y luego prometes olvidarte de Santalaca? —pregunta Ferfut.

—Lo prometo.

—Bueno, pues entonces vamos a viajar un poquito hacia el pasado para que veas lo divertidos que se vuelven mamá y papá cuando hacen las cosas al revés.

Y fue así como Ferfut, Ferprés y Ferpás se dieron la mano y comenzaron a desplazarse en sentido contrario a las manecillas del reloj y al movimiento de la lluvia.

Primero vieron a la mamá entrar en la casa, muy guapa, con sus tacones de aguja, sus medias negras, su falda larga, sus pulseras tintineando, sus collares llenos de brillos, su cara como de princesa. La siguieron escaleras arriba y en el baño ella comenzó el espectáculo del "desdisfraz": primero sacó del retrete una servilleta que flotaba toda húmeda en el espejo de agua y a mordidas despintó los labios rojos que estaban dibujados allí. Luego, con un pincel borrador, se quitó las líneas negras de los párpados. Habrá estado toda sucia de la cara porque de pronto, con un plumero miniatura, se sacudió montonales de polvito que luego puso en un estuche "recoge basura".

Después empezó a guardar todos sus olores en frasquitos: se los quitó de las axilas, del cuello, del pecho y de la nuca.

—Suda mucho, ¿verdad? —dijo Ferpás.

—Sssshhhh —la calló Ferprés—. No nos vaya a descubrir.

Cuando se quitó el vestido y lo arrugó con una plancha arrugadora antes de guardarlo en el ropero, volvió a ser la mamá de siempre. Bueno, no la de siempre, porque la verdad es que se convirtió en una mamá bien divertida que empezó a ir de recámara en recámara destendiendo las camas, aventando las almohadas al suelo, sacando polvo de unas bolsas y regándolo en el suelo a golpes de escoba. Luego ensució el baño, bajó y, en la cocina, dejó la estufa también hecha una mugre a fuerza de pasar un trapo que ponía manchas de aceite en las hornillas y restos de comida en toda la lisura blanca de la cubierta. Parecía una bruja mala cuando obligó al papá a que se sentara a la mesa y se sacara la sopa de la boca. Él tuvo que devolver a cucharadas toda la sopa caliente y luego su mamá se llevó el plato y lo vació en una olla. Después se le pasó el mal humor y volvió a las travesuras. Recogió la ropa limpia del tendedero y la metió en una máquina ensuciadora de donde cada prenda salía negra y apestosa. La mamá fue de puntitas y la llevó a las recámaras y las metió en cestos de mimbre.

—¡Nunca hubiera imaginado que así se pudieran hacer bombas de mal olor! —exclamó Ferfut.

—El primero que abra esa cosa va a desmayarse.

—Estoy bien orgullosa de mamá —dijo Ferpás hinchando el pecho, cuando las tres vieron al papá subir la escalera.

El papá, siempre serio, muy grave, muy formal, estaba revelándose como un travieso. Todas las mañanas, por ejemplo, se pega pelitos en la cara con una máquina pega pelos y luego los pelitos se le van hundiendo en la piel hasta que se queda pelón de las mejillas y de la barbilla y de bajo la nariz, y de nuevo va por su máquina. Luego se pone un babero alrededor del cuello y comienza a recoger mechones de pelo del suelo del baño y de las paredes del lavabo para pegárselo en la cabeza.

—Es que a los hombres les da miedo ser calvos —explica Ferfut ante el gesto nauseabundo de Ferpás—; recogen el pelo que sea y de donde sea, aunque nunca sepan si es de perro o de gato o de araña, con tal de cubrirse sus calvicies.

Al papá le gusta sentarse en el sillón para recolectar humo del cielo. Lo hace con un popote pequeñito y amarillo que él apenas puede sostener entre los dedos. Entre más humo recoge, más crece el popote y cuando alcanza el tamaño de un dedo, papá lo mete con cuidado en una caja.

—¿Le gusta hacer eso? —pregunta Ferpás.

—Qué le va a gustar ni qué las pulgas de Arcoiris —dice Ferfut—. Lo hace por cuidarnos. Recoge el humo del cielo para que no lo respiremos.

—Ah —dice Ferpás.

El papá se vuelve bien raro cuando hace las cosas al revés. Va quitándole el dinero a la gente para llevarlo a una máquina del banco que se llama "cajero automático". Y luego se arrepiente de todo: siempre está despintando las cosas que él mismo pintó, y va recogiendo los cables que él mismo extendió por toda la casa como si fuera una telaraña; desarma muebles enteros y los pone en cajas. A veces, con una aguja, abre agujeros en el talón de sus calcetines. Siempre que enflaca se asusta mucho y comienza a hacer ejercicio para engordar.

Ferpás, Ferprés y Ferfut vieron el beso que mamá le dio a papá y luego el mismo beso que papá le dio a mamá, y ellas comenzaron a darse codazos entre sí, y fue de este modo como el deseo de Ferpás llegó a su fin.

—¡Qué divertido! —exclama Ferpás.

—¿Te gustó? —pregunta sonriente Ferfut.

Y cuando Ferprés va a decir algo, suena el timbre de la casa.

—Son Vivi, Samy y Jhovana —anticipa Ferfut.

—Ya sabes lo que tienes que hacer —dice Ferprés.

Y las dos se esconden bajo la cama.

Cuando entran las amigas de Fernanda con sus calaveras de dulce y sus velas, le preguntan a Ferpás si está lista para pedir dulces.

—Yo quiero muchos chocolates.

—Y paletas.

—Y chiclosos.

—Y bombones.

Ferprés y Ferfut, desde debajo de la cama, sólo ven a Ferpás. Ven cómo aprieta la boca, se pone roja y se balancea sobre sus talones.

—Bueno, Fernanda, ya vámonos —dicen sus amigas.

Pero cuando ellas están a punto de salir, Ferpás explota.

—¿Saben qué día es hoy además de Día de Muertos? Hoy es Día de Muertas.

Ferprés y Ferfut manotean debajo de la cama, tratando de frenar a Ferpás, de contener lo que ya ven venir de su boca como una cascada, pero Ferpás no las mira y ya no puede parar.

Intermedio del libro

para presentar el Reloj Caracol de los tiempos Fernandinos...
y sus secretos... así como a las personajas

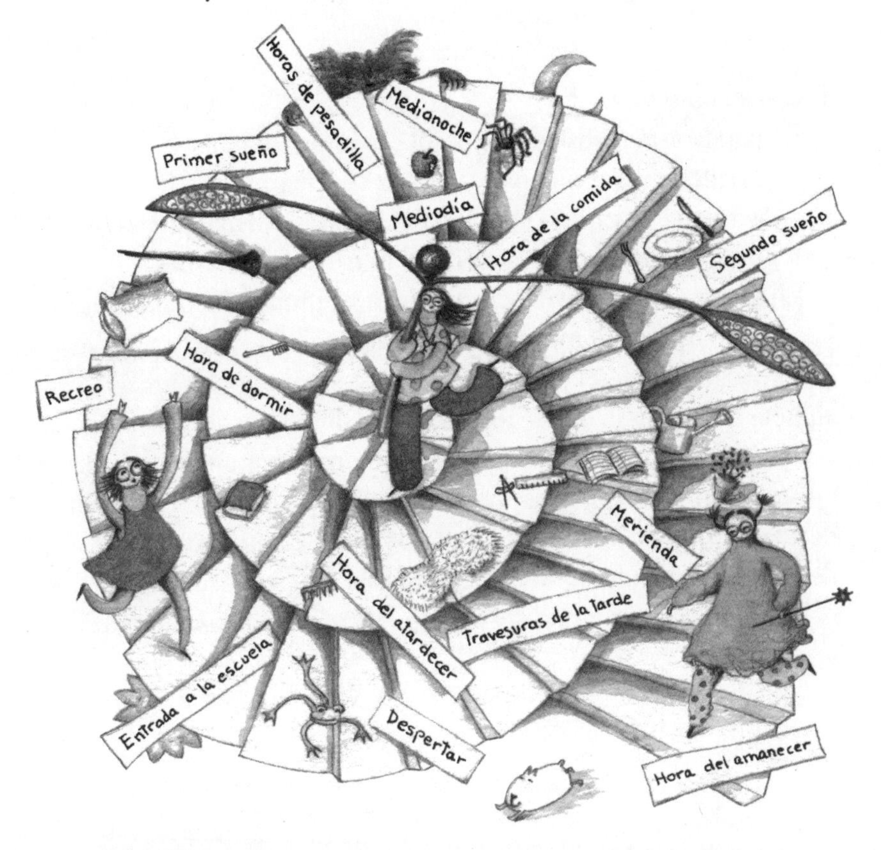

INSTRUCCIONES

1. Girar las manecillas de izquierda a derecha es ir hacia el futuro.
2. Girar las manecillas de derecha a izquierda es ir hacia el pasado.
3. Detenerse en cualquier hora es el presente.

Fernanda del pasado

Tocan a la puerta.

Fernanda está recostada en el sofá leyendo un libro.

—¿Puedes ir a ver quién toca? —dice su mamá.

—Ay, mamá —se queja Fernanda—. Estaba en lo más interesante.

Y justo cuando Fernanda cierra el libro, la congelamos.

Ella se queda inmóvil pero también el mundo se inmoviliza. En pleno vuelo, una mosca se queda quieta, el vapor se petrifica en la cocina donde el papá hace la sopa, en el radio la música se aquieta en una nota que se alarga como silbido, el sol cesa de moverse en el cielo y las hormigas paran de marchar en el patio, las nubes se inmovilizan y las sombras también se frenan, la pastilla de menta que la mamá de Fernanda tiene en la boca ya no se deshace ni extiende su sabor fresco por la lengua.

Ahora que la Fernanda del pasado está quietecita podemos presentarla:

Nombre: Fernanda **Edad:** Diez años

Nombres secretos: Ferpás, Ferfui, Feraba, Prefer, Ferayer

Señas de identidad:

- Tiene menos cicatrices que la Fernanda del presente.
- Le gusta enroscar la lengua como taquito.
- Siempre le reclama a la Fernanda del futuro por olvidarse de ella. "Ya se te olvidó, ¿verdad?", dice, o: "Ya no te acuerdas de quién fuiste".
- Todavía tiene un diente de leche. Piensa que el ratón, desesperado por la tardanza, una noche se le va a meter en la boca para extraérselo.
- Siempre se enoja con la Fernanda del presente por lo descuidada que es: "¡Mira cómo has dejado mis cuadernos y mi ropa!", grita, "¡hace dos años estaban nuevos!"
- A veces, cuando habla la Fernanda del futuro, ella se cubre las orejas y dice:

No oigo, no oigo, soy de palo,
sorda soy a lo que me pasará,
así sea bueno,
o así sea malo.

- Critica el pelo corto de la Fernanda del presente y no entiende por qué la Fernanda del futuro arrancó el retrato de las princesas de la pared y en su lugar pegó la foto de un señor tan feo tocando la guitarra.
- Ha descubierto la manera de comprobar que el tiempo sí se mueve. No con los relojes de la cocina, de la sala, del microondas, ni con los relojes de pulsera ni con el reloj fluorescente del radio que está sobre el taburete en la recámara de sus papás; tampoco usando el calendario donde su mamá apunta los cumpleaños de todos los miembros de la familia. La Fernanda del pasado sabe si se ha movido mucho o poco hacia el futuro con sólo mirar bajo la cama o levantar la vista hacia el techo.

  Si bajo la cama hay montonales de pelusa o todas las esquinas del techo se llenaron de telarañas, es que avanzó meses.

  También le basta con abrir las cosas cerradas —una mochila

vieja, un cajón de la cómoda, su propia boca--:
entre peor sea el olor allí adentro, más se ha
desplazado hacia el futuro. Igual puede intro-
ducirse el dedo meñique dentro del oído: entre
más grande sea el cilindro de cerilla que salga
adherido a su uña, más lejos está del pasado.

Fernanda del presente

Descongelamos el tiempo y la mosca retoma su vuelo; de nuevo se echan a andar el sol, las nubes, la música.

Fernanda se levanta, camina hasta la puerta. Antes de abrir, pregunta: "¿quién?" Nadie responde. Fernanda se detiene, se vuelve hacia su mamá, quien está escribiendo en la mesa del comedor. La mamá levanta la vista y con un gesto le dice que abra, que está bien. En ese momento su papá se asoma desde la cocina. Fernanda se encoge de hombros, se vuelve otra vez hacia la puerta, gira el picaporte y cuando abre, la mosca y su papá se encuentran y su mamá estornuda. Sucede que la mosca estaba viendo de reojo a Fernanda y el papá también, así que nadie pudo hacer nada por evitar lo que está por suceder. La boca del papá se halla entreabierta y la mosca pasa del día a la noche en un tris. Justo en ese momento, también la mamá de Fernanda estornuda y la pastilla de menta sale disparada como un diminuto proyectil. Entonces volvemos a congelar el tiempo. Detenemos a medio camino la pastilla voladora, la nausea del papá, el asco de la mosca porque el aliento de papá es como un litro de leche echada a perder y también a medio camino detenemos el grito de Fernanda. Sí, Fernanda estaba gritando cuando detuvimos el tiempo.

Ahora que la Fernanda del presente está quietecita podemos presentarla:

Nombre: Fernanda **Edad:** Doce años

Nombres secretos: Ferprés, Feroy, Fersoy, Fero

Señas de identidad:

- Es un poquito más baja que la Fernanda del futuro pero más alta que la Fernanda del pasado.
- Se cortó el pelo, aunque le gustaba llevarlo largo, porque piensa que es importante cambiar.
- Ella desconoce si el próximo mes se contagiará de gripe, si ganará el premio de matemáticas en el concurso de la escuela, si irá otra vez a la playa en vacaciones. Como no lo sabe, entonces lo desea; desea lo de la playa, desea no enfermarse, desea quedar en primer lugar en el concurso y tiene muchos deseos más, así que una de sus palabras preferidas es "ojalá".
- Suele acabar en medio de la Fernanda del pasado y de la Fernanda del futuro para que ellas no se peleen.
- Piensa que la Fernanda del pasado es una pesada cuando comienza a decir: "A que no te acuerdas

de esto, a que no te acuerdas de aquello, a que ya se te olvidó cuando fuimos acá".

- Piensa que la Fernanda del futuro es una funambulesca y una fuñique y otras palabras que buscó en el diccionario, cuando empieza a decirle: "A que no sabes lo que te pasará mañana; a que ni te imaginas el regalo que recibirás por tu cumpleaños; a que ni adivinas quién está tocando del otro lado de la puerta".
- Le gusta el mango de manila, le gustan los polvorones y los mazapanes y le gusta pensar una idea por los dos lados. Por ejemplo, si le dicen "todo lo que sube tiene que bajar", ella piensa que entonces todo lo que baja, tiene que subir.
- Cree que la mejor manera de aprender a pensar es cambiando las afirmaciones por interrogaciones:

¡Es bueno estudiar! ¿Es bueno estudiar?
¡Soy niña! ¿Soy niña?

Porque así nacen las demás preguntas:

¿Por qué estudiamos?
¿Para qué?

¿Para quién?

¿Según quiénes?

¿Qué es ser niña? ¿Qué es ser niño?

- El reclamo que le dirige a la Fernanda del pasado cada vez que ésta hace cosas irrazonables o deja de hacer cosas razonables es: "No piensas en mí".
- La pregunta que le dirige a la Fernanda del futuro cada vez que hace algo que antes no hacía es: "¿Sigues siendo la Fernanda de ayer, de hoy y de mañana, o nos has empezado a traicionar?"
- A veces le secretea a la Fernanda del pasado mensajes como éste: "Dile a mi mamá que el anillo que perdió está en el bolsillo de la gabardina que va a regalar mañana".
- Ahora que sabe viajar en el tiempo, suele vacilar entre ir al pasado o ir al futuro. Decide, en ocasiones, no ir hacia ninguno de los dos tiempos y prefiere, mejor, escribir una carta compartida a Ferpás y a Ferfut.

Hola:

Estoy bien, estarás bien, estuviste bien. No lo sabes aún pero dentro de poco te dolerá la muela. ¿Te acuerdas que te dolió la muela? A mí me duele mucho y estoy en la sala de espera del dentista y les escribo para no pensar en el dolor.

A ti te quiero pedir que ya no comas tantos dulces. A ti te quiero preguntar si de verdad ayuda no comer tantos dulces, porque la verdad es que a mí me gustan los dulces.

Por otro lado quiero preguntarte por el vecino nuevo. Tú, Ferpás, todavía no lo conoces, así que no te preocupes. ¿Nos gustará, Ferfut? ¿Es simpático?

Bueno, me despido

Yo

P.d. para Ferpás: recoge la manzana que está bajo la cama. Mi cuarto apesta por tu culpa.

P.d. para Ferfut: quiero pedirte disculpas por lo de saltar tanto tiempo en la cama. He pensado que no estuvo nada bien pues de seguro el colchón está pandeado, o sea sumido de en medio, y todas las noches estarás rodándote hacia allí aunque quieras dormirte en las orillas.

Te quiero
Te quiero
Me quiero
Hasta pronto

Fernanda del futuro

La mosca continúa flotando dentro de la boca oscura del papá, sin moverse, incapaz de agitar las patas para no asfixiarse con aquel aliento rasposo, mientras Fernanda sigue alargando su grito ante la puerta.

Entonces se descongela el tiempo.

—¡Yyyyyuuuuuuuuuuuuuuuuuuuuuuuuuuuuuupppppppppp-piiiiiiiiiiiii! —termina de gritar Fernanda, y la cara se le ilumina como si se hubiera comido un pedazo de sol.

El papá al fin logra escupir la mosca.

—¡Guácala! —dice.

—¡Gracias! —responde la mamá luego de su estornudo porque creyó que el papá dijo "salud".

"¿Dónde está mi pastilla?", piensa ella de inmediato cuando descubre que ya no tiene el sabor de menta en la lengua.

La pastilla voladora choca contra la mesa, luego con el brazo del sofá y se hunde bajo un sillón. Hasta allí vuela la mosca. Se detiene encima de la pastilla, restriega las patas en la babosa textura blanca y luego se frota las patitas delanteras ya mentoladas frente a sus cien narices de pelos para poder respirar otra vez.

—¿Tú eres Fernanda? —se deja oír una voz como rugido de más allá del marco de la puerta.

—¡Sí!

Y entra un mensajero pequeño como tapón.

—Entonces esto es tuyo —ruge, y le da una bola de pelo blanco.

—¡Feliz cumpleaños! —claman el papá y la mamá.

Y la bola de pelo como espuma de mar se despierta, abre la boca y bosteza, luego con su lengua mojada y rosa le lame la cara a Fernanda.

Fernanda ríe feliz.

—¿Y qué nombre le pondrás?

Fernanda se queda pensativa.

Y así, aprovechando que está inmóvil de tan concentrada, quietecita aunque no se haya congelado el tiempo, podemos presentarla:

Nombre: Fernanda **Edad:** Catorce años

Nombres secretos: Ferfut, Profer, Ferseré, Fermañana, Feré

Señas de identidad:

- Es la más alta de las tres Fernandas y sin embargo quiere ser mayor aún, así que a veces se echa el perfume de su mamá, le da un sorbo al café de su papá, se calza pensamientos de adulta como si se pusiera zapatos de tacón para ver qué se siente ver el mundo desde ahí.

- Ha descubierto que la Fernanda del pasado la cree una sabihonda sabelotodo. Ella piensa que es mentira porque todavía le falta mucho por aprender para saber al menos la mitad de todo.
- Cambió el armazón de sus anteojos, cambió los vestidos de su guardarropa, cambió los posters de la pared de su habitación y cambió los sabores que se lleva a la boca, porque ya no es una niña.

—¿Entonces eres un niño? —le dice Ferpás para hacerla desatinar.

—Soy una joven —afirma ella.

- Cuando viaja al presente o al pasado se la pasa repitiendo: "Así que de aquí viene todo, así que así empezó esto, conque éste es el principio, ¿quién iba a decir que esto pudiera comenzar así?"
- Quizá por ello le gusta preguntarse el origen de cada cosa del mundo: "¿Desde cuándo existen las escuelas? ¿Y desde cuándo los niños y las niñas debemos ir temprano a la cama? ¿Y desde

cuándo los hijos obedecen a los papás sin que los papás obedezcan a los hijos?" Y a lo mejor por eso su pregunta preferida es "Por qué": "¿Por qué no nos tratan igual a los niños y a las niñas? ¿Por qué la gente tiene que morir?"

- A Fernanda del futuro le gusta mucho leer. Ha descubierto, sin embargo, que viajando hacia atrás los cuentos cuentan otra historia. Por ejemplo:

F I N
Y vivieron felices.
Se dieron un beso.
Entonces el dragón levantó la cabeza y abrió los ojos.
El príncipe, enojado, le sacó la espada que tenía atravesada en el cuello y el dragón rugió como los mil demonios.
La princesa empezó a gritar

Y Fernanda ya no puede seguir leyendo porque todos los brujos reviven y los muertos se levantan y las madrastras otra vez se vuelven malas.

Ha aprendido que todas estas historias se llaman igual: "FIN"

- Su juego preferido lo aprendió viajando hacia atrás cuando descubrió que, en dirección al pasado, la lluvia llueve para arriba, el pasto crece para abajo y los bigotes crecen para adentro. Y que ella se vuelve un poco maga porque aprende a reír antes de escuchar los chistes, a colgar el teléfono para que suene, a decir "presente, maestra" antes de que la maestra diga: "Fernanda Chávez Raya". Eso se llama "alrevesar" el mundo, porque una entiende que si el tiempo se mueve hacia atrás entonces escribir es mover la pluma de derecha a izquierda y de la parte baja de la hoja hasta la mera cima del papel, recogiendo cada palabra escrita como si la pluma fuera una aspiradora de tinta que va dejando limpias las páginas de los cuadernos. Embellecerse las manos es ponerse un bello rosado color carne en las uñas que antes eran rojas o amarillas; llorar es pescar lágrimas para que suban por las mejillas y se metan en los ojos. La gente nace vieja y se va volviendo joven con los años. Los regalos son para regresárselos a la gente como si no te hubieran gustado. Para curarse del catarro —y esto es asqueroso— es necesario abrir los pañuelos, acercar la nariz y aspirar. Los juegos se vuelven raros: los rompecabezas se desarman de pieza en pieza y bien aburridamente; hay que coger los globos, deshacer el nudo y beberse el aire de su interior. A veces una va al campo para jugar un pasatiempo bien peligroso: se levanta la mano y entonces se ven venir piedras por todos lados; hay que pescar las piedras en el aire, asirlas con fuerza una por una y luego depositarlas en el suelo.

Fernanda siempre había escuchado decir en la escuela que el ser humano está hecho casi enteramente de agua, pero sólo hasta que viajó hacia atrás lo comprobó porque una y otra vez ponía un vaso frente a los labios y los vasos se iban llenando a borbotones con el agua que brotaba de su boca, agua sola, pero también agua de horchata, de limón, de sandía sin semillas y de semillas sin sandía.

Fin del intermedio

Ésta ha sido la presentación de las tres Fernandas:
Fernanda del futuro,
Fernanda del presente,
Fernanda del pasado.
Pero también ha sido la presentación de:
la mosca,
la voladora pastilla de menta,
el papá,
la mamá,
y...

Dañadores de ojos lapislázuli

hijuelo: m. Retoño, leyó Ferpás en el diccionario; memorizó palabra y definición repitiéndola tres veces, y luego pensó: "me faltan nueve". Así que abrió el diccionario de nuevo, al azar.

Está acostada en la alfombra con el enorme libro que desprende un olor a polvo.

desear: tr. Aspirar a la posesión, disfrute o conocimiento de una cosa, leyó. Y después pensó que su maestra no le valdría esta palabra porque dijo "diez palabras nuevas en su cabeza", y lo de "nuevas" lo recalcó, lo subrayó, casi lo gritó.

Cuando Fernanda está a punto de cambiar de hoja, lee, un poco más abajo, el final de la definición de *deseo* o, mejor dicho, el origen de la palabra: **Deseo viene del latín *desirerare*, que significa: echar en falta un astro**.

Imaginó que es como cuando echas en falta uno de tus zapatos y te pones a buscarlo por toda la casa. Pero aquí es como si de pronto descubrieras que donde antes había una estrella en el cielo, ahora sólo hay un espacio oscuro como un ojo negro.

Cierra el libro. Está agotada no por la tarea de este día sino por todas las que le faltan. La maestra dijo "diez palabras cada día"; o sea que en una semana serán setenta, en un mes serán trescientas y en un año —porque la maestra recalcó que también debían de memorizarlas los sábados y los domingos, en las vacaciones de Semana Santa, el Día de Muertos, durante las Navidades—, ¡serán tres mil seiscientas cincuenta!

—¡¿Dónde van a caber tantas palabras?! —piensa a gritos—. Y eso sin contar todos los nombres de los ríos, de reyes, de tratados de paz, de fórmulas matemáticas que ya tengo aquí metidas en la cabeza. ¿Cómo saber cuándo se llena un cerebro? Un día ya no cabrá nada. O se me van a empezar a chorrear las ideas como cuando le sirvo leche a Arcoiris y no me fijo y la leche se sale del plato. ¡Qué cochinero de conocimiento enmielando y empuercando todo el piso de la casa!

Fernanda se sienta en el tapete y sacude la cabeza.

"Tantas palabras aquí adentro", continúa pensando, pero ya no a gritos sino en silencio, "¿se moverán siquiera cuando agito la cabeza? ¿Y sacarán espuma como las malteadas en la licuadora?"

Se mete el dedo en el oído.

—¿Están allí? —murmura, pero lo que saca su uña es como una malteada de cerilla.

—¡Guácala! —dice, y limpia su dedo en el tapete—. ¿Para qué aprender algo que se va a convertir en esto? O que se me va a olvidar. O para lo que quizá nunca encuentre el momento propicio de usarlo. Como *lapislázuli*, que es una palabra hermosa como saltar la cuerda: "lapislázuli, lapislázuli, lapislázuli" y yo salto justo donde está el acento, "¡lapislázuli, lapislázuli!..." Pero desde hace tres semanas que la saqué del diccionario para pasear. La maestra dijo que las pobres palabras están aburridas allí quietecitas en el diccionario, que hay que sacudirlas como una alfombra llena de polvo, ver lo mágicas que se vuelven al volar otra vez por el mundo. Eso dijo, sí. Pero, **lapislázuli es un mineral de color azul hermosísimo**. Y qué voy a decir yo con eso. ¿Qué se puede hacer con una piedra?

Fernanda suspira y cierra los ojos.

—¡Uf! —gime.

De pronto abre los ojos, sale corriendo de su recamara, baja de dos en dos los escalones, atraviesa la sala, entra en la cocina, coge la bolsa de pan, saca uno de los panes y lo pone en la mesa.

"¿Qué se puede hacer con un pan de piedra?", piensa Fernanda. "Hay muchas maneras de viajar hacia el futuro", recuerda que le dijo Ferprés alguna ocasión, "pero casi todas son rutas malas porque te hacen sufrir".

Para hacerlo, basta mirar cualquier cosa sin quitarle los ojos de encima: una pluma, los nuevos zapatos de gamuza, los cepillos de pelo, cualquier objeto. Lo triste de ir al futuro es que todos los objetos se desgastan: cada vez menos tinta en la pluma, cada vez menos gamuza en los zapatos, cada vez menos cerdas en los cepillos igual que si se estuvieran quedando chimuelos. "Es la ruta del desgaste —le dijo Ferprés—. Siempre es más doloroso cuando son tus objetos preferidos: el suéter morado, la muñeca que cuenta chistes". "La ruta del desgaste —le dijo Ferprés— termina en la ruta de la falta. Falta esto y falta aquello; cuando faltan ya demasiadas cosas, has llegado al futuro".

Así que Ferprés, después de decirle todo esto, le enseñó otra manera de viajar hacia el futuro que no lastimara tanto.

—¿Te acuerdas del cuento de Pulgarcito y de las migajas de pan que iba dejando tras de sí para no perderse en el bosque?... Bueno, pues te voy a enseñar a usar el pan para ir al futuro.

Y le enseñó.

Y es lo que hace ahora Ferpás: convierte el pan en piedra. Mira el pan que está sobre la mesa y lo mira y lo mira y luego lo coge e intenta morderlo. Si sus dientes todavía entran en el pan es que no ha avanzado mucho en el tiempo, pero cuando sus dientes chocan con una dureza casi mineral, como un pan hecho de cemento, sabe que ha dado un gran salto hacia el futuro. Entonces hace a un lado el pan duro y toma otra pieza de pan de la bolsa, una pieza todavía fresca, para empezar de nuevo y avanzar más y más hacia el futuro.

Al quinceavo pan, cuando la bolsa casi se ha vaciado, Ferpás descubre el enorme diccionario en la alfombra y encuentra a Ferfut leyéndolo concentrada.

—¡¿Qué?! —no puede contener el grito Ferpás—. ¿Nos van a seguir dejando esta tarea toda la vida?

Ferfut se sobresalta:

—¡Ay! ¡Qué susto me diste!

Y se sienta.

—¿Qué tarea?

Ferpás le explica lo de las diez palabras sacadas del diccionario cada día.

—Ya no lo recordaba —murmura pensativa Ferfut.

Ferpás se desconcierta.

—¿Entonces por qué lo haces?

—Porque me gusta.

—¡¿Qué?!

—Sí, me gustan las palabras.

—Pero, ¿por qué? No entiendo.

Ferfut jala el diccionario, lo hojea hasta encontrar la palabra que busca.

—¿Sabías tú, mira, que en Chile existe una diosa llamada San Fernandina, y que la isla de Cuba alguna vez se llamó así?

Ferpás frunce el entrecejo.

—¿Pero para qué nos sirve saber eso?

—¿Cómo que para qué?

Y Ferpás le explica su temor de que el cerebro se llene o se desborde o que, por ejemplo, algo que no importa tanto, como que "3.1416 es el valor de Pi" o que todas las guerras que le han enseñado —las Púnicas, las Termópilas, las Cruzadas, las de Conquista, las Civiles y aun las Floridas y las Frías—, que todos esos nombres de batallas y fechas y ejércitos y generales quizá estén empujando fuera de su cerebro todos los recuerdos que tiene de su mamá, de su papá, de ella misma.

—A ver, ¿te acuerdas de nuestras tortuguitas?

—¿A poco tuvimos tortuguitas?

Ferpás levanta los brazos.

—Ves, ves.

Ferfut está realmente perpleja.

—Nunca lo había pensado —murmura.

—¡Cómo que no! —se alarma Ferpás—. Ya ves, ya ves, también lo olvidaste.

Ferfut se queda todavía más perpleja.

—Quizá tienes razón. Pero aprender ofrece ventajas.

Ferpás niega con la cabeza.

—¿Pero cómo debes saber qué aprender? ¡Es lo que no entiendo!

Ferfut también niega con la cabeza.

—No se puede saber.

—¿Pero, entonces?

—Déjame mostrarte algo y entonces me dices, ¿sí?

—Bueno.

Ferfut dobla las piernas en forma de flor de loto y pone el diccionario sobre su regazo.

—¿Sabes lo que es la raíz de una palabra?

—No.

—Imagina un árbol. Pues es justo como la raíz del árbol; o sea, una palabra que lo sostiene; o, mejor dicho, una media palabra de donde nacen muchas palabras más como si fueran el tallo, las ramas, las hojas, los frutos.

Ferfut le señala una palabra del diccionario.

—Por ejemplo, ve: **quiro** quiere decir mano. Ahora mira todas las palabras que nacen de esta raíz: **quirófano, quiropráctico, quiromancia, quirúrgico.** Y todas estas palabras tienen que ver con las manos: usar las manos, leer las manos, operar con las manos.

Ferfut cierra el diccionario.

—Te digo esto para que veas que el cerebro guarda las cosas de una manera distinta a como se guarda la ropa y los zapatos en el ropero. Las ideas son como las muñecas rusas que salen unas de otras. El cerebro ordena hacia dentro.

—Bueno —dice Ferpás sin realmente prestarle mucha atención—, te pareces a una maestra y de todos modos no estoy muy convencida. ¿Qué más?

—Espera. Antes tengo que enseñarte una nueva raíz.

Ferfut abre el diccionario y pasa rápidamente las hojas buscando la palabra.

—Aquí está —señala—, **miso**. Miso quiere decir odiar. Misántropo es el que odia a la humanidad, misógino es el que odia a las mujeres.

Ferpás se sorprende.

—¿A nosotras?

—Sí.

—¿Quién nos odia?

—Bueno. No es tan fácil identificarlos, por eso necesitaríamos que existiera una nueva raíz que no existe todavía y que fuera algo así como daño, donde cupieran todas las palabras como daño, dañino, dañable, dañoso. Pero sobre todo donde cupieran las personas que hacen eso, dañar, algo así como los dañadores. Así podríamos saber quiénes son.

Ferpás se pone las manos en las mejillas y aprieta la boca.

—¿Sabes por qué me gusta leer el diccionario? —pregunta Ferfut, pero no espera a que Ferpás responda sino que lo hace ella misma—. Porque las palabras ayudan a ver mejor. Son como unos anteojos que nos quitan la miopía.

—¿Miopía?

—Te lo voy a explicar de otro modo. La gente que vive en el Polo Norte tiene más de una palabra para designar al color blanco. Allá cuentan con ¡veinte palabras! Por eso pueden distinguir, en la blancura de la nieve, la blanca presencia de un oso blanco; por eso pueden saber si un lago congelado está realmente bien congelado o si se va a quebrar cuando ellos caminen por encima. Reconocen, con sólo mirar la blancura en las montañas, los riesgos de que haya un alud o de que justo frente a ellos, en el suelo blanco, se abra una grieta casi invisible por donde ellos podrían hundirse si no saben descubrirla a tiempo. Todo porque tienen palabras, distintas palabras para nombrar los diferentes blancos de su blanquísimo mundo de nieve.

—¿Por qué me cuentas todo esto? —pregunta Ferpás.

—Ya me entenderás cuando veamos otra cosa que te quiero mostrar.

—¿Otra palabra?

—No —dice Ferfut y se levanta—. Dame la mano.

—¿A dónde vamos?

—¿A dónde crees?

Ferfut y Ferpás caminan hasta la sala.

—Recuerda que hay movimientos que no ayudan a saber si estás viajando hacia el pasado o hacia el futuro. Por ejemplo, una mosca frotándose las patas delanteras. O el ir y venir del péndulo en un reloj de pared o el giro de cualquier rueda. Tampoco sirve el movimiento de un yoyo. Todos estos movimientos se ven igual sin importar si vas para atrás o para adelante.

Ferfut toma a Ferpás de los hombros y la mira directo a los ojos.

—¿Te viniste por la ruta mala? —pregunta Ferfut.

—No —musita Ferpás—. Usé el atajo del pan.

—Bueno, pues las rutas malas se convierten en rutas buenas cuando viajas hacia atrás. Lo único que se hace es mirar un objeto viejo y abandonado.

Ferpás eligió una muñeca rota de porcelana y Ferfut un libro amarillento y doblado que se hallaba en un rincón.

A continuación, las dos miraron a su rededor como si el mundo de las cosas también tuviera estaciones y comenzara a llegar la primavera. Poco a poco los colores desvaídos de los cojines fueron volviéndose intensos y brillantes. El sofá entero se hinchó igual que se inflan las tortillas en el comal: se acolchonó y se volvió mullido. Toda la casa parecía rejuvenecer: las paredes se tornaron más limpias y lisas; empezaron a aparecer jarrones y floreros sobre los muebles; el vidrio de la ventana de pronto se compuso y fueron enderezándose y quedando derechitas las sillas que se habían aflojado con el uso.

Entonces comenzó a descender Ferprés por la escalera.

Cuando Ferpás quiso ir a saludarla, Ferfut la detuvo.

—No, no —le dijo—. Esta vez vamos a espiarla.

Ferfut y Ferpás se esconden tras el sofá.

Ferprés camina hacia la ventana, con mucho cuidado hace a un lado la cortina y mira hacia la calle.

—¿Qué hace? —pregunta Ferpás.

—Tiene miedo.

—¿Por qué?

Ferfut mira a Ferpás. Le cuesta trabajo decirlo.

—Porque desde hace unos días —musita al fin— alguien la sigue. Alguien la está cercando.

—¿Qué? ¿Cercar?

Ferprés se aleja de la ventana, levanta a Arcoiris, la abraza y se sienta con ella en el sillón.

—Cercar es poner una cerca alrededor de algo, pero también es cuando alguien está rodeándote para atraparte. Como un cazador.

—¿Un cazador?

—Sí, justo eso. Alguien que te rodea queriendo atraparte está de cacería. Es un cazador. Un dañador, diría yo.

Ferpás mira a Ferprés sentada en el sillón. Ferprés está pálida, con la boca un poco abierta y los labios temblorosos. Acaricia a Arcoiris, que se ha puesto patas arriba en el regazo de Ferprés.

—La primera vez que notó la presencia de aquel hombre —prosigue Ferfut—, fue a la salida de la escuela. El hombre estaba parado cerca de la puerta. Fernanda pensó que a ese papá no lo había visto antes. Parecía distinto de los demás papás, pero no sabía en qué radicaba tal diferencia. Luego lo vio varias veces más a la hora de la salida.

Ferpás empuja sus anteojos por el caballete de la nariz hasta acomodárselos bien de nuevo. Tiene la piel del rostro roja y brillante, un poco sudorosa.

—Al principio creyó que era una coincidencia —continúa Ferfut y, al ver que Ferpás no entiende, le explica—: una coincidencia es cuando te encuentras accidentalmente con alguien en la calle o en un autobús. Casi siempre las personas se sorprenden y dicen: "¡Qué coincidencia!" Si te encuentras muchas veces con la misma persona entonces deja de ser un accidente. Ferprés supo que las coincidencias se terminaron cuando comenzó a ver al hombre caminando en el parque por donde ella regresaba a casa los jueves en que ni papá ni mamá podían recogerla.

Ferfut saca un pañuelo y le seca el rostro a Ferpás. Ella también se lo pasa por la frente.

—Cerco, asedio, acechanza, vigilancia. Estas palabras se parecen porque todas hablan de unos ojos que han decidido ir tras de ti:

perseguirte. Ferprés empezó a tener pesadillas cuando un jueves el hombre se le acercó y le dijo: "Hola, bonita. ¿A que te gustan los dulces?" Ferprés sintió que las piernas se le pusieron duras. El hombre tenía los ojos azules como el cielo. Lo bueno es que Ferprés se acordó de lo que su papá le había dicho una vez: "Siempre hazle caso a tu corazón porque las personas casi nunca son lo que parecen". Y su corazón primero se había quedado quieto, pero luego comenzó a dar de brincos y a sonar a tamborazos. "No —dijo Ferprés—, no me gustan los dulces", porque presintió que en ese azul de los ojos había algo duro aunque quisiera esconderse, algo mineral, como una mina de lapislázuli, y ella sabía que a veces las minas se desploman encima de la gente. Así que se dio la vuelta y echó a correr.

Ferpás mira a Ferprés. Ferprés se ve cansada, ojerosa.

—Durante una semana —concluye Ferfut—, Ferprés se ha estado despertando a medianoche, sudando, con malos sueños, porque cada día transcurrido la acercaba más y más al próximo jueves.

—¿Y hoy...? —se vuelve asustada Ferpás para mirar a Ferfut.

—Sí, hoy es jueves.

—Pero Ferprés está aquí.

—Sí —asiente con la cabeza Ferfut—, justo cuando iba a salir esta mañana hacia la escuela, no pudo más.

—¿Cómo que no pudo más? —se alarma Ferpás—. ¿Qué hizo?

—Tú sabes que valentía es ser fuerte, es emprender hazañas a pesar de los obstáculos y es controlar el temor como cuando defiendes a Arcoiris porque otro perro la quiere morder.

—Sí.

—Pues valentía también es saber pedir ayuda. Y aquí es donde las palabras te hacen valerosa porque te permiten expresarte y te ayudan a saber que te sientes sola y que es hora de apoyarte en la gente que te ama.

—¿Les pidió ayuda a mi mamá y a mi papá?

—Les contó todo.

Ferpás mira nuevamente a Ferprés.

—¿Y ahora qué va a pasar? —pregunta ansiosa.

—Va a pasar que en cinco minutos entrarán mamá y papá y le dirán que todo ha terminado y que de aquí en adelante puede dejar de sentir miedo.

—¿Pero qué hicieron papá y mamá?

Ferfut se encoge de hombros.

—No sé. Nunca me lo han dicho. Supongo que lo acusaron con la policía... Sólo sé que el hombre de los ojos lapislázuli nunca ha vuelto a aparecer... La única vez que mamá me dijo algo al respecto fue: "Nunca dejes que el miedo crezca dentro de ti", y que la misión de los padres es proteger a los hijos... Bueno, esto último no lo dijo así. Dijo que nunca iba a permitir que nada malo me pasara. Que ella y mi papá estaban aquí para cuidarme siempre.

Ferpás ve a Ferprés cada vez más pálida, como si se fuera a desmayar.

—¿En qué está pensando?

—En las palabras. Piensa que si hubiera una palabra para nombrar a la gente mala o para ver la parte mala de la gente, entonces todos podrían ser capaces de reconocer el peligro como los esquimales y alejarse. Es la primera vez que está pensando en la palabra dañadores. Así nadie te podrá engañar con sus ojos azules o verdes o cafés o negros, ni con sus caras sonrientes, ni con sus palabras como paletas de caramelo.

Ferpás se muerde los labios como si quisiera contener un llanto que todavía no aparece.

—Fer —dice Ferfut—, los saberes importantes nunca se van de tu cabeza. Deseo, ¿recuerdas?, "deseo es echar en falta un astro". O echar en falta un mundo, un mundo nuevo donde no haya dañadores. Desearlo con toda tu fuerza.

Ferfut saca un poco más la cabeza de detrás del sofá.

—Te traje aquí —prosigue—, para demostrarte lo orgullosa que estoy de ella y para mostrarte lo orgullosa que estarás tú de ti.

Ferpás corre fuera del escondite.

Arcoiris ladra.

Ferprés primero se asusta mucho, pero luego sonríe.

Ferpás la abraza y le da un beso.

—Gracias —le dice—. Estoy orgullosa de ti.

Para que el cielo no se te caiga encima a ti sola

Ferpás y Ferfut están sentadas frente al jardín de su casa.

—¿Te acuerdas cuando se murió nuestro conejo? —pregunta Ferfut dejando vagar una mirada melancólica por la zona de los alcatraces, en torno al árbol, a lo largo del pasto un poco crecido—. ¿Te acuerdas cuántas veces nos sentamos aquí porque no sabíamos lo que era la muerte y creíamos que nuestro conejo volvería?

Ferpás baja la cabeza con pesadumbre, troza una brizna de pasto.

—Sí.

Ferfut se echa hacia atrás y apoya la espalda en la puerta que da a la calle.

—Lo de la muerte es algo extraño —murmura como si estuviera diciéndoselo a sí misma—. Nunca hay manera de prepararse ni de prevenir nada ni de curarse de ella. No hay vacunas.

Ferpás la mira con asombro.

—¿Vacunas contra la muerte?

Ferfut se levanta y comienza a caminar ante a Ferpás.

—No, vacuna contra el dolor que sentimos cuando alguien querido se muere... El mundo entero se llena de agujeros porque la persona que amas ya no está aquí ni allá... Cada vez que te topas con uno de esos agujeros en el mundo, es como si te hundieras allí. Se te va el aire, los ojos se llenan de lágrimas y duele, duele mucho, igual que si todos esos agujeros fueran bocas y te mordieran.

Ferpás la ha estado observando boquiabierta. Cuando habla, le tiembla la voz.

—¿Quién te dijo todo eso?

Ferfut se sienta otra vez.

—Se lo escuché decir a mamá.

—¿A mamá?

En ese momento rechina la puerta metálica que da a la calle y ven entrar a Ferprés.

—¿Otra vez vinimos a espiarla? —pregunta Ferpás a punto de salir corriendo para esconderse tras el árbol.

Ferfut la detiene.

—No, esta vez vamos a hablarle.

Ferprés suelta la mochila de la escuela. Más que caminar, baila dando saltitos y girando.

—¿Qué le pasa? —pregunta Ferpás.

Ferfut le sonríe un poco.

—La muerte siempre es una disminución de algo, igual que sucede con las restas y las divisiones. Pero hay otros acontecimientos en la vida que son como sumas o multiplicaciones. En lugar de que el mundo se vacíe, comienza a llenarse de algo.

—No entiendo.

—Te lo voy a explicar de otro modo —dice Ferfut mientras Ferprés ha llegado hasta el centro del patio y se abraza al árbol—. Quizá el asunto más feo de viajar hacia el pasado es el de las heridas. De pronto, cuando regresas en el tiempo te empieza a manar sangre de un dedo o de la rodilla, así, sin motivo, y te arde allí donde brota la sangre. Asusta, la verdad, porque no entiendes qué sucede. Pero al viajar un poco más hacia el pasado hay un momento en el cual el dolor, que ha ido creciendo hasta volverse insoportable, salta hacia el filo del cuchillo o hacia la punta del clavo o hacia cualquier objeto con el cual te lastimaste, y así desaparece la sangre. Cuando viajas al pasado, te acostumbras a ir devolviendo el dolor a las cosas que te lo provocaron.

—¿Pero, y eso qué tiene que ver con ella? —pregunta Ferpás señalando a Ferprés.

Ferprés ahora está mirando el cielo con cara de éxtasis.

—¿Por qué tiene esa cara de boba?

—Cuando vine para acá —le dice Ferfut a Ferpás—, fui sintiendo un dolor raro, suave, sin sangre, aquí en el pecho, y en lugar de encontrarme con una puerta, la esquina de un mueble o el puño de alguien, para devolverle el dolor, me encontré con una cara.

—¿Con una cara?

—Sí, con la cara de un niño. Y ni siquiera pude devolverle el dolorcito. Al revés, me dolió un poquito más, también suavecito, y suspiré.

Ferpás se queda pasmada.

—¿Estás enamorada?

—Yo no —dice Ferfut negando con la cabeza—. ¡Ella!

Y Ferfut señala a Ferprés.

—Por eso no nos ve —continúa Ferfut—. El mundo se le ha llenado de una sola cara y seguro que la ve en el cielo, en el árbol y en el pasto.

—¡Es como una historia de amor de príncipes y princesas! —exclama Ferpás cada vez más emocionada.

—Exactamente. Ella está así porque lo único que hace es leer y pensar y mirar puras historias de princesas y príncipes —dice Ferfut y se levanta.

Ferfut atraviesa el jardín y Ferpás la sigue.

—¡Hola! —dice Ferpás al llegar junto a Ferprés.

Ferprés parece despertar, parpadea, las mira como si no pudiera reconocerlas.

—Te necesitamos —agrega Ferfut.

Al fin, un gesto de reconocimiento llega al rostro de Ferprés.

—¿Qué pasa?

Ferpás levanta los brazos y dice:

—Pues que a alguien se le ha llenado el mundo de agujeros.

—¿Qué?

—Entre más quieres a una persona, más duele cuando desaparece —añade Ferfut—. Por ejemplo, imagina a quién extrañarías más si mañana te cambiaras de escuela, ¿a Mónica o a Luis?

Ferprés se ruboriza como sandía.

—¿Qué? ¿Por qué dicen eso?

—Lo que quiero mostrarte es la relación que existe entre el amor y el dolor. Si amas mucho a alguien, más te dolerá cuando un día ya no esté contigo.

A Ferprés se le desvanece el color sandía del rostro y palidece.

—¿Se nos murió alguien? —interroga ansiosa.

Ferfut niega con la cabeza.

—¿Y entonces por qué nos dices esto? —inquiere Ferpás, preocupada.

—Porque cuando alguien está de luto —murmura Ferfut—, hay que saber consolarla. "Ponerte en su lugar", dice papá.

—¿Para qué?

—Para ayudarla. Ayudar es ponerte en su lugar, descubrir lo que esa persona está sufriendo, "y saber acompañarla"; esto también lo dijo papá. Yo creo que es algo así como aprender a ponerse al lado de la persona triste para que sienta que el mundo no se le cae encima a ella sola.

—¿A ella? —pregunta Ferpás.

Ferfut mira a Ferprés y a Ferpás.

—También a los hijos nos toca cuidar a nuestros padres.

Ferfut las toma de las manos y cierra los ojos. Ferpás y Ferprés, desconcertadas, la imitan. Apenas acaban de cerrar los ojos, cuando Ferfut susurra:

—Ya está bien, ya pueden abrirlos.

Ferpás y Ferprés abren los ojos. No ven más el patio ni el cielo. Todo está en penumbras. Se hallan dentro de un ropero y, a través de la rendija que deja la puerta semiabierta, contemplan a una mujer vestida de negro, sentada en la cama, pálida, con los ojos hinchados.

—¡Es mamá! —dice Ferprés.

—Ssssshhhhh —susurra Ferfut.

—¿Por qué está así? —pregunta Ferpás.

—¿Quién se le murió? —interroga Ferprés.

Ferfut se coloca ante la rendija para que Ferpás y Ferprés la miren.

—Piensen en alguien a quienes ustedes estén queriendo mucho.

Ferpás responde con rapidez.

—¡Pues a Arcoiris!

Ferprés vacila; se ve que le cuesta trabajo decirlo; al fin se atreve.

—Para mí es Luis.

—Eso —murmura Ferfut—, es lo único que necesitan saber.

Ferfut se vuelve y mira por la rendija.

Si piensan en Arcoiris y en Luis —añade Ferfut—, pueden entender qué tan grande es la pena de mamá. Imaginen cuántos sitios se quedarían vacíos sin Luis y sin Arcoiris... A mamá se le ha muerto una persona así de amada y, en su mundo y en su corazón, se han abierto muchos agujeros.

Las tres Fernandas se miran.

—Ahora podemos ponernos en su lugar —concluye Ferfut.

La mamá ni siquiera se da cuenta cuando Ferpás sale del ropero.

—¿Me reconoces? —murmura Ferpás dándole un beso.

La mamá se sobresalta. Luego le acaricia el pelo.

—¿Cómo no voy a reconocerte, hijita? Lo que pasa...

Entonces la mamá la mira mejor.

—Te ves extraña. Esos anteojos... ¿No son los de siempre?

—No te preocupes, mamá —dice Ferpás—. Sólo vengo a decirte que el pasado sigue aquí, continúa viviendo.

Ferpás le da otro beso a la mamá y se va.

No han transcurrido ni dos minutos cuando Ferprés sale del ropero.

La mamá tampoco advierte su presencia hasta que la tiene a un palmo de distancia.

—¿Me reconoces, mamá?

—Lo siento, hijita, pero ahora no estoy de humor para jue... —se interrumpe la mamá cuando al fin levanta la vista del suelo y ve a Fernanda vestida de otra manera y con el pelo corto—. ¿Te recogiste el pelo?

—Qué va, mamá—dice Ferprés—; sólo vine a decirte que cuando cada día le has dado tu presente a las personas queridas, no debes entristecer. Ellas han ido ahorrando, como en una alcancía, tus sonrisas, tus caricias, tus palabras, y entonces nunca estarán solas allí donde estén, pues tienen consigo mucho de ti para siempre.

La mamá parpadea asombrada cuando Ferprés dice esto y cuando recibe el beso de su hija. Antes de que pueda decir nada ésta sale y ella se queda sola otra vez.

Cinco minutos después sale Ferfut del ropero.

Esta vez la mamá sí la mira salir de allí. Ferfut aparece con su pelo largo, con sus anteojos nuevos, con su altura de catorce años.

Ferfut se sienta junto a su mamá.

—¿Mamá? —le pregunta—. ¿Te acuerdas cuando se murió mi conejo? ¿Recuerdas que me encontraste con el conejo muerto entre mis manos y entonces me dijiste que nunca es culpa nuestra si alguien se nos muere, que lo más que podemos hacer es cuidar una vida hasta su final, lo recuerdas?... Pues es lo que hiciste, mamá. Ni es tu culpa ni pudiste hacer más.

La mamá abraza a Fernanda.

—Hija mía —murmura la mamá—, a veces pareces tan grande, tan adulta... Gracias, Fernanda... Ya no me siento sola.

Ferpás y Ferprés escuchan detrás de la puerta del cuarto.

—Creo que ya no nos necesitan —dice Ferprés.

—¿Nos vamos entonces? —pregunta Ferpás.

Cuando sale Ferfut, las tres se dan la mano y cierran los ojos.

Antes de desaparecer, Ferprés escucha la voz de Ferpás.

—¿Oye, y qué va a pasar con Luis?

La princesa y la mendiga

Mañana, cuatro de agosto, Ferpás, Ferprés y Ferfut van a cumplir, respectivamente, once, trece y quince años. Las tres están en su pieza, acostadas en la misma cama pero a dos años de distancia una de otra, leyendo el mismo libro. Ferpás lo está leyendo por primera vez, Ferprés por segunda vez y Ferfut por tercera vez.

Ferpás empieza a sangrar de la nariz cuando llega al último capítulo y se da cuenta demasiado tarde, por lo que deja una huella roja en la esquina de la página doscientos.

A su vez, Ferprés se pone un pañuelo mojado en la frente y echa la cabeza hacia atrás, llega a la página doscientos del libro y ve la mancha de sangre de hace dos años. Coge su pañuelo, lo humedece en el vaso de agua que tiene sobre el taburete e intenta limpiar el libro.

Mientras tanto, Ferfut ve que, en la página doscientos, en la esquina, la hoja está rota y manchada de sangre. Coge un pañuelo que ni moja ni usa. Simplemente se lo guarda en el bolsillo. Entonces las tres cierran el libro. A las tres se les acaba de ocurrir la misma idea: "¡La persona festejada en cada cumpleaños tendría que regalarse algo a sí misma!" Luego las tres leen el título del libro: *El príncipe y el mendigo*, y las tres desean lo mismo: "¡Ser lo que no soy!"

—Convertirme en lo que fui —piensa Ferfut.

—Convertirme en lo que seré —piensa Ferpás.

—Convertirme... —piensa Ferprés sin aclarar más.

Ferpás comienza a moverse hacia el futuro. Pero no se detiene ni a los doce ni a los catorce. Al mismo tiempo Ferfut viaja hacia el pasado y ella tampoco frena ni a los doce ni a los diez años. Bueno, sólo hace una parada pequeñita cuando se cruza con Ferpás a los diez años y cuatro meses; allí extrae el pañuelo que había guardado en el bolsillo y se lo da.

—Para cuando te sangre la nariz, y así no me ensucies mis libros.

A Ferpás no le caen nada bien esas palabras y toma a regañadientes el pañuelo.

Las dos están a punto de continuar sus respectivos caminos pero se detienen en el último momento.

—Oye —dicen las dos al mismo tiempo—, ¿has visto a Ferprés?

Ferprés tardó en ponerse en marcha hacia su destino porque antes se pintó las puntas de los dedos con esmalte de uñas y con lápiz labial se dibujó una boca alrededor de su boca; se colgó collares y se puso un vestido de su madre que le quedaba enorme y se le chorreaba como un helado al derretirse; y luego se calzó unas gigantescas zapatillas de tacón donde los pies se le hundieron como en un pozo.

Ferprés hizo todo eso porque de regalo de cumpleaños pensó:

—¿Qué se sentirá ser como mamá?

Y poco a poco, conforme se mueve en el tiempo en dirección a la adultez, sus pies empiezan a llenar las zapatillas, su cuerpo empieza a llenar el vestido, sus uñas comienzan a llenar las manchas de esmalte que se le desbordaban por toda la punta de los dedos y su boca comienza a llenar el círculo de lápiz labial que le rodeaba los labios como un sombrero rojo.

Pero mientras ella, Ferprés, va extendiéndose hacia el cielo, Ferpás y Ferfut, por el contrario, van encogiéndose hacia el suelo porque Ferpás se preguntó:

—¿Qué se sentirá ser como la abuela?

Y Ferfut, de regalo de cumpleaños, quiso saber:

—¿Qué se sentirá ser como mi primita de cinco años?

Ferfut se fue empequeñeciendo y las piernas se le hicieron cortas, y cortas también se le volvieron la espalda y el torso como un suéter que se achica, y cortas se le hicieron las ganas de pensar, y se le acortaron también la mirada y los caminos que deseaba recorrer igual que si el mundo se hubiera reducido con ella. Ferpás, al mismo tiempo, fue acercándose al suelo porque, envejeciendo, la espalda se le encorvó y se le curvaron también los dedos como si siempre estuvieran apresando algo y la piel de la cara se le llenó de arrugas igual que si fueran olas en la mar, se le ondularon las venas y se le saltaron como si muchos topos le hubieran pasado por debajo de la piel y se le combó la manera de caminar y la forma de hablar porque para decir una cosa decía otra, y los anhelos se le doblaron como varillas de metal y, así, con los sueños torcidos, le dio por ya no desear.

La estatura de Ferfut, convertida en niña, se volvió de un metro; o sea, como la altura de Arcoiris parada en sus patas traseras.

La estatura de Ferprés, convertida en adulta, se alargó hasta un metro con setenta centímetros; es decir, medía lo mismo que un cono con ochenta bolas de nieve.

La estatura de Ferpás, convertida en anciana, decreció a un metro con cuarenta y nueve centímetros, igual que si el cielo se hubiera vuelto pesado y ella lo sostuviera.

Ferfut casi no tenía pelo.

Ferprés tenía mucho y se lo pintaba a veces de negro, a veces de rubio.

A Ferpás se le puso blanco.

Las tres desearon ser lo que no eran porque las tres querían saber cómo se vive la infancia, la adultez y la vejez desde la cabeza, desde la boca, desde los ojos, desde las manos y desde el corazón.

La cabeza

La cabeza de la infancia es como una mansión enorme. Cada paso que das allí adentro se reproduce en larguísimos ecos. Los pasos son las ideas y todas las ideas son nuevas, huelen a recién estrenadas y brillan igual que si tuvieran luz propia. Poco a poco las ideas van amueblando la mansión.

La cabeza de la adultez es distinta. Es un laberinto. Cada camino se abre en dos y luego en cuatro y luego en ocho pasillos; así que siempre estás eligiendo hacia dónde ir porque nunca sabes qué hay adelante o atrás. Quizá por eso dentro de la cabeza de la adultez es necesario moverse siempre a la carrera, como ansiosa o asustada, corre que te corre, pues invariablemente estás persiguiendo una idea que se escapa o eres perseguida por una idea que te asusta.

La cabeza de la vejez es un museo. Todas las paredes tienen cuadros y fotografías. No hay espacio para más vitrinas, colmadas todas de objetos, desde cosas insignificantes como una peineta, un botón, una pluma fuente, hasta las cosas más extrañas como una fecha polvosa o un suspiro congelado en un estuche de cristal. El suelo está lleno de cajas que ni siquiera han sido abiertas y están apiladas hasta el techo como torres. Si te detienes un momento, puedes escuchar el murmullo de cientos de voces brotando de las cajas, así que la cabeza de la vejez nunca está en silencio.

La boca

Cuando Ferfut tuvo en su boca la boca de la infancia, de inmediato comenzó a decir y a decir palabras, y supo así que a esta edad la boca quiere ponerle nombre a las cosas como si los nombres fueran un abrigo y las cosas tuvieran frío.

Ferprés, por su lado, descubrió que la boca adulta vocifera todo el tiempo llamando no a las cosas que tiene sino a aquellas que le hacen falta. A veces logra conseguir lo que quiere como por arte de magia, pero a veces no, y la boca adulta se dobla como si fuera a llorar.

Ferpás se encontró con que la boca de la edad de la vejez es una boca apretada y como con candados, y no supo si tanta cerrazón era para que no se le escaparan las cosas de adentro del cuerpo, o para que no entraran, como moscas, las cosas del exterior.

Los ojos

Los ojos de la infancia resultaron ser iguales que luces navideñas. Adornaban lo que veían festejando cada porción del mundo en la que dejaban caer la mirada.

Los ojos de la adultez son escaleras, escaleras de todos tipos: rígidas, movibles o en forma de caracol. Escaleras, a fin de cuentas, que se usan a esta edad porque los adultos siempre quieren conocer lo que hay arriba o lo que hay debajo de cada cosa.

Los ojos de la vejez vinieron a revelarse como un banco de niebla. Allí donde se posan, brota una cortina nebulosa y vaga que lo cubre todo, y así no hay manera de ver lo que está debajo. Es un poco como mirar desde una ceguera blanca. Bueno, no tanto, porque entonces esa blancura movediza como espuma empieza a formar figuras igual que las nubes en el cielo y comienzas a reconocer rostros y paisajes y objetos fantasmales que hacía mucho tiempo no veías.

Las manos

Ferfut se enfundó las manos de la infancia como si fueran guantes. Supo que las manos a esta edad siempre están abiertas y que todo lo tocan como si fueran lenguas y el mundo estuviera hecho de helado.

Ferprés se enguantó las manos adultas y se dio cuenta de que, a esta edad, las manos siempre están de espaldas, o sea de dorso para arriba como si fueran tortugas. Las manos adultas tocan sólo lo que conocen, que son apenas como ciento treinta y dos cosas.

Ferpás deslizó sus manos en las manos de la vejez y las encontró unidas como siamesas —las palmas encontradas, los dedos entrelazados—, igual que si ya no les interesara tocar nada que no fueran ellas mismas: los mapas de un mundo desaparecido guardado en medio de ellas como una perla.

El corazón

Finalmente las tres Fernandas llegaron al corazón. Ferfut descubrió que el corazón en la infancia es como un tambor que va por la vida poniéndole música lo mismo a lo pequeño (una cucaracha, por ejemplo) que a lo grande (por ejemplo, el sol) —po pom, po pom, po pom—.

Ferprés supo que el corazón de la adultez es como pisadas —pam, pam, pam— que sólo suenan al aproximarse a lo que temen o a lo que aman.

Ferpás entendió que aunque el corazón de la vejez parezca mudo como un desfile cansado, en realidad sí suena, pero late con la fuerza de un mensaje telegráfico —tac tac... tac... tac... tac tac tac... tac tac... tac— relatando secretos a quien quiera prestarle oídos.

Ama

Cada Fernanda, en cada una de las edades, está a punto de concluir que no hay nada en común entre la Fernanda niña, la Fernanda mamá y la Fernanda abuela; las tres están a punto de resolver que el tiempo es como un vendaval que todo lo arrastra y que lo único que perdura de edad en edad es el nombre —Fernanda— y la fecha de cumpleaños —cuatro de agosto—. Las tres Fernandas, un poco tristes, igual que si estuvieran a punto de llover cuerpo adentro, recuerdan al mismo tiempo que cuando pasaron por el año 2002 descubrieron que ese año se lee igual al derecho que al revés; o sea que no importa si se mueven hacia el pasado o hacia el futuro, el número se mantiene invariable.

—¡Por supuesto! —dice Ferprés.

—¡Claro! —murmura Ferpás.

—¡Cómo no lo pensé antes! —grita Ferfut alborozada.

"¡Hay cosas que son inmunes al tiempo!", descubren las tres.

—"Ama", por ejemplo. Si lo lees hacia el pasado dice "ama", si lo lees hacia el futuro dice "ama". ¡El amor puede permanecer a través del tiempo!

Dar la mano puede ser un movimiento sin tiempo: abres la mano, estrechas la que está enfrente; abres la mano, estrechas la que está enfrente...

—Lo mismo los abrazos: abres los brazos, abrazas, abres los brazos, abrazas...

—Y los besos: las bocas se unen, se separan, se unen, se separan...

Ferpás, Ferprés y Ferfut han descubierto que si el mundo estuviera hecho de caricias, de besos y de abrazos, no importaría si nos movemos hacia uno o hacia otro extremo del tiempo, hacia delante o hacia atrás; las caricias, los abrazos y los besos son para siempre: para siempre te abrazo, para siempre te beso, para siempre te amo.

Ferfut en el cuerpo de niñita, Ferprés en el cuerpo de adulta, Ferpás en el cuerpo de anciana saben que, además del nombre y de la fecha de cumpleaños, las une aquello que aman.

F I N

Las peregrinas del fuisoyseré, de Ricardo Chávez Castañeda,
número 188 de la Colección A la Orilla del Viento,
se terminó de imprimir y encuadernar en febrero de 2017
en Impresora y Encuadernadora Progreso, S. A. de C. V. (IEPSA),
calzada San Lorenzo 244, C. P. 09830 Ciudad de México.
El tiraje fue de 5 000 ejemplares.